太陽の獅子と氷の花

秋山みち花

JN283637

もえぎ文庫

太陽の獅子と氷の花

目次

太陽の獅子と氷の花

1

そこは古色蒼然《こしょくそうぜん》とした屋敷《やしき》だった。

白壁《しらかべ》に黒瓦《くろがわら》を載《の》せた塀《へい》が広い敷地をぐるりと取り巻き、中には鬱蒼《うっそう》と樹木《じゅもく》が繁《しげ》っている。幹線《かんせん》道路から外《はず》れているため、ここにこんな大きな屋敷があることは案外《あんがい》知られていない。

分厚い樫《かし》の木で造られた門も、屋敷の広さに見合って巨大である。その門には目立たぬところに防犯《ぼうはん》用の監視《かんし》カメラが据《す》えつけられていた。よく注意してみれば、カメラは白壁の塀にも立木《たちき》の間にも多く設置され、このセキュリティーが万全《ばんぜん》に整《ととの》っていることがわかる。

今、その巨大な観音開《かんのんびら》きの門がすうっと動き、黒塗《くろぬ》りの大型車が邸内《ていない》に滑《すべ》るように入っていく。

車は広い前庭をゆっくり進み、堂々《どうどう》とした構えの玄関《げんかん》に横付けされた。

一瞬の間も置かず、邸内から数人の男たちが出てきて、そのうちの一人が後部席のドアを開ける。男たちは皆、揃《そろ》って黒スーツに身を固め、厳《いか》つい顔つきをした者が多かった。

しかし、後部席から降《お》り立った男は、彼らとは明らかに異《こと》なった雰囲気《ふんいき》を持っていた。ほっそりと引きしまった身体に上品なベージュ色のスーツがよく似合っている。やや長めの黒髪をさらりと流した横顔は、はっとするほどきれいに整っていた。

「お帰りなさいませ、若頭《わかがしら》」

「ご苦労様でございます」

いっせいにかけられた言葉に、男はかすかに頷《うなず》いた。

怜悧《れいり》な美貌《びぼう》とは裏腹《うらはら》に、その男、入江流生《いりえりゅうせい》は『真田組《さなだぐみ》』の若頭という役に就《つ》く、れっきとした極道《ごくどう》である。

『真田組』は、関東で一番の勢力を持つ指定組織『東和会《とうわかい》』の直系下部団体。初代の時より東和会傘下《さんか》でも名の知れた組であったが、さほど大きな力を持っていたわけではなかった。それを東和会の中でも有力な団体に仕立て上げたのは、この入江の力によるところが大きい。

入江のやり方は徹底《てってい》しており、真田組のためとあれば手段を選ばない。ゆえに闇《やみ》社会での入江は、細面《ほそおもて》の繊細《せんさい》に整った外見を甚《はなは》だしく裏切って、冷酷非情《れいこくひじょう》な男と噂《うわさ》されることが多かった。

「どうしている?」

入江は屋敷内へ入りながら、出迎《でむか》えの男の一人に短く訊《たず》ねた。

「はっ、ただ今、奥庭のほうで子供たちと……」

「子供たちだと?」

いいにくそうに語尾《ごび》を濁《にご》らせた男に、入江は間髪容《かんはつい》れずに問《と》い質《ただ》す。

年齢は一回り下、しかも細身で女のようにきれいな顔立ちをした入江にじろりとにらまれただけで、男はたじたじになっている。

「あの、社長が……子供たちを屋敷に……」

しどろもどろに言い訳をする男に、入江はさらに鋭《するど》い視線を投げかけた。

「おまえたちはなんのためにこの屋敷にいる？　ここをいったいどこだと思っている？」

「も、申し訳ありません、若頭！」

慌《あわ》てて平身低頭《へいしんていとう》した男に、入江は小さくため息をついた。

真田家はこのあたりいったいの土地を所有していた豪農《ごうのう》だった。もっと遡《さかのぼ》ればその血筋はかの有名な武将に繋《つな》がるとも言うが、真偽《しんぎ》のほどは定かではない。しかし戦後の混乱期《こんらんき》に組を立ち上げ、ここまでとなった真田は、その内情がどうであろうと、世間《せけん》から見れば立派な暴力団《ぼうりょくだん》だ。

本部の看板《かんばん》を上げた事務所は別の場所にあるが、三代目の住まいである以上、この屋敷も本部に等しい意味合いを持つ。

その巣窟《そうくつ》である場所に、一般人、しかも子供を立ち入らせるとはいったいどういう了見《りょうけん》か。

だが、この男は努力しなかったわけではない。むしろ必死に止めたに違いない。そして力及ばず今に至《いた》るというわけだ。やり取りのすべてが想像つくだけに、これ以上は責められなかった。

「もういい。俺が見てくる」

入江は怒りを押し殺して冷《ひ》ややかな声をかけた。

「すみません！　よろしくお願いします」

再び深く腰を折った男を一瞥《いちべつ》し、その後入江はゆったりした足取りで屋敷の奥へと向かった。丁寧《ていねい》に磨《みが》き上げられた長い廊下《ろうか》を進み、奥座敷《おくざしき》の横から再び戸外に出る。

奥庭には銀杏《いちょう》の木が多く植《う》えられていた。黄金色《こがねいろ》に色づいた扇形《おうぎがた》の葉が、庭いっぱいに落ちている。そしてやわらかな陽射《ひざ》しの中で、長身の男と、何人かの小学生が夢中な様子で何かを拾《ひろ》っていた。

「おい、実が青いやつはこっちに掘った穴に入れろ。しばらく土の中に埋《う》めといて実を腐《くさ》らせるから。絶対に手で触《さわ》っちゃ駄目《だめ》だぞ。臭いからな。黒いのだけこうやってごりごりやって中身を出すんだ。種が出たらそこの水ん中に放りこめ」

洗いざらしの白のシャツにキャメル色のラフなジャケットを着た男は、トングでつまんだものを枯葉《かれは》に擦《こす》りつけ、それから言葉どおり水を張ったバケツに放りこむ。

「ねぇ、もうそろそろいい？　顔出してきたよ？」

男の真似《まね》をしていた男の子が一人、恐る恐る腰をかがめて出来映《ば》えを覗《のぞ》きこんだ。だが地面に手を伸ばそうとした瞬間、男の鋭い制止に合う。

「まだ駄目だ！　手で触るなって言ってるだろ。石鹸《せっけん》で洗っても臭いが落ちないと、ママに叱られるぞ」

「うん、わかった。触んない。ほんとに臭いもんな」

紺《こん》のパーカーを着た男の子は鼻をつまんで顔をしかめている。

何をしているのかと思えば、皆で銀杏《ぎんなん》拾いに夢中になっていたらしい。男の指導《しどう》の下、青い実と熟《じゅく》し切った黒い実を分けて、黒いほうはトングで慎重《しんちょう》に中身を出しているというわけだ。

銀杏《いちょう》の間から覗く空は高く澄み切っていた。肌寒い季節となっていたが、日だまりの中で微風《そよかぜ》に吹かれているのはいかにも心地《ここち》いい。

そして子供たちのあどけない声。

なんとも長閑《のどか》な光景だ。

「どっさりあるからな。一生懸命《いっしょうけんめい》拾っていけよ？　水で洗えばもう臭くないからな」

「うん、だけど銀杏《ぎんなん》ってどうやって食うの？　オレ、食べたことない」

「なんだ、おまえ食ったことないのか？　これはな、鉄鍋《てつなべ》で焼くとめちゃくちゃ美味《うま》いんだ」

男は問いを発した子供の頭にぽんと大きな手を載せる。男の子は不満げに男の手から逃れ、ふくれっ面《つら》になった。

「オレんち、そんな鍋ないと思う」

「ま、電子レンジでチンしても同じだ。ちょっと厚めの紙袋に入れて、チンするんだ」

「どのくらい？」

「五分……ぐらいかな」

長身の男は僅《わず》かに首を傾《かし》げる。

まるで近所の主婦《しゅふ》同士が話しているかのような内容だ。

様子を見ていた入江は、胸の内で盛大《せいだい》に嘆息《たんそく》した。

子供たちに懐《なつ》かれているこの男こそが、何を隠《かく》そう真田組の三代目を襲名《しゅうめい》した真田 遥《はるか》だ。

しかし真田にはまったくと言っていいほど極道らしいところがなかった。近所の子供だけではない。親にまで好かれているくらいだ。真田家が極道だと知らないわけでもないのに、こうして平気で子供を遊びに行かせているのがいい証拠《しょうこ》だった。

確かに、真田には太陽の温《あたた》かな陽射しがよく似合う。引きしまった長身に、男らしく整った相《そう》貌《ぼう》。涼《すず》しげな瞳《ひとみ》と爽《さわ》やかにほころぶ口元。真田は誰から見てもまっとうな好青年だ。

だが、それでは困る。

子供たちとふざけ合っている真田を見て、入江は再びため息をついた。そこでようやく真田が振り返る。

「なんだ、入江……帰ってきたのか」

真田はばつが悪そうな声を上げた。

子供たちもいっせいに濡《ぬ》れ縁《えん》のほうに視線を向ける。そして入江の姿を目にしたと同時に、さっと真田の影に隠れた。

容姿《ようし》で言えば、入江も極道には不似合《ふにあ》いな、優しげな風貌《ふうぼう》をしている。しかし子供たちが入江に懐くことはない。入江が内に秘めている冷酷さを、子供特有の感覚で嗅《か》ぎ取り、その恐ろしさから、自然と距離を取ろうとする。

「社長、そろそろ子供たちを家に帰さないとまずいのではないですか?」

入江は完璧《かんぺき》につくった笑顔で話しかけた。

この若者に『組長』だの『オヤジ』だのという呼びかけは似合わない。先代が存命《ぞんめい》だった頃は、皆から『若』と呼ばれていたが、三代目を襲名した今は、それを続けるわけにはいかない。結局無難《ぶなん》なところで『社長』という呼び方が定着した。

「もうそんな時間か。そうだな、おまえたち、ママが心配するといけない。入江の言うとおりそろそろ家に帰ったほうがいい」

真田はいったん空を仰《あお》ぎ、それから子供を振り返って言う。

子供たちも文句を言わず、素直に従う様子を見せる。これが真田一人だったら、いつまでもぐずぐずしているところだが、後ろに立っている入江の視線を怖がっているのだ。

「そうだ。銀杏《ぎんなん》入れる袋がいるな。おい、入江、悪いけど貰《もら》ってきてくれるか?」

にこやかな笑みとともに頼まれて、入江は再びげんなりとした気分になった。それでも長年この男とつき合ってきたのだ。これぐらいで本心を悟《さと》らせるようなことはしない。

「わかりました。すぐに用意させましょう」

それきりで、入江はくるりときびすを返した。

そして屋敷内で待ちかまえていた舎弟《しゃてい》の一人に、ビニール袋を持っていくように命じただけで、庭には戻らず奥に引っこんだ。

邸内は広く、日本家屋《かおく》特有の静けさに満ちていた。

奥は真田家の家族用の住居。と言っても先代が亡くなって今は真田一人になっている。舎弟たちから『姐《あね》さん』と慕《した》われていた真田の母親は、先代より五年も前に亡くなっていた。

入江は奥の居間に入り、仏壇《ぶつだん》の前で正座した。蝋燭《ろうそく》と線香《せんこう》を灯《とも》し、故人《こじん》に帰宅の挨拶《あいさつ》をする。

中学一年の頃から、入江自身もこの屋敷で起居《ききょ》していたので、これは毎日の習慣《しゅうかん》だった。

そうしているうちに、子供たちを帰したらしい真田が姿を見せる。

「入江、今度、さっきの子供らをキャンプに連れてくんだけど、あんたも一緒に来てくれないか？」

長身の真田は鴨居《かもい》をひょいとくぐるように居間に入ってきた。

ようやく子供を帰したかと思えば、今度はキャンプ。

さすがに入江も厳《きび》しい顔で真田を見据《みす》えた。

「社長、うちの家業が何か、まさか、忘れたわけじゃないでしょうね」

「忘れるわけないじゃないか。何、そう怒ってるんだよ？　それに二人でいる時までその、社長って呼び方するなよ。あんたにまでそう言われるの、なんかいやなんだよ」

真田はそうぼやきながら、黒塗りの大きな座卓《ざたく》の前にどかりと胡座《あぐら》をかいた。

入江は正座のままで身体を反転させ、その真田に向き直る。

「それなら、遥さん……とにかく真田は世間でいうところの暴力団、ヤクザの組織です。この屋敷に子供を出入りさせているだけでも、色々差し障《さわ》りがあるのに、組長のあなたが配下を連れて、堅気《かたぎ》の家族と一緒にキャンプに行こうというんですか？」

「別に強面《こわもて》の奴《やつ》らを連れて行こうっていうんじゃない。俺とあんたなら、見かけからしても近所のいいお兄さんで済むじゃないか。あんたの場合は特に」

にっこり顔を覗きこまれると調子が狂う。入江は真田にごまかされてしまわないように表情を引きしめた。

「顔の問題ではありません」

「そういうな。とにかく子供たちは楽しみにしてるんだ。それにあいつらの親だって、一緒に来てくれれば心強いっていうし」

ヤクザと一緒にキャンプに行っても平気とは、ひとえにこの男の親しみやすさによるところだが、何か間違っているとしか思えない。しかし長年の習慣で、入江にはどうしてもこれ以上強い諫言《かんげん》はできなかった。

「わかりました。そんなに子供と一緒に遊びたければ、止めはしません。だけど一人で勝手《かって》に行って下さい。俺は忙しいんです」

入江が言ったとたん、真田は顔をしかめる。困ったような、それでいて不満げな様子はまるで子供がすねている図だ。

「なあ、ほんとに駄目か？　俺、あんたと一回キャンプに行きたかったんだけど」

「悪いですが、俺はアウトドア派じゃないので。それに虫とか嫌いなんですよ」

「虫除《よ》けスプレーあるぞ？」

「だから、そういう問題じゃないと」

入江は呑気《のんき》な組長を見て、再びため息をつく。

屋敷内にはいかにも極道らしい強面の男たちが大勢詰《つ》めている。しかしそのトップがこの真田だといっても、事情を知らない者は誰も信じないだろう。

そして組長としてはまことに困った性格ではあるが、入江は密《ひそ》かに、真田にはこのままでいてもらいたいとも思っているのだ。

「とにかく、考えといてくれよ。今週の土日だからな」

真田はそういって、意外にあっさりと立ち上がった。

入江は一度決めたことを滅多《めった》に翻《ひるがえ》さない。この場での説得が無駄《むだ》であることをよく承知《しょうち》しているのだ。

しかし話が終わりかけた時に、泡《あわ》をくった顔で二人の舎弟が飛びこんでくる。

「若頭！　いわれたとおり、あいつらをとっつかまえました。今、屋敷に連れてきたとこです。処分どうしましょうか？」

入江は内心で舌打ちしたくなった。

舎弟は命じられたことを実行し、その報告にきたのだが、真田にはあまり聞かせたくない話だ。

案《あん》の定《じょう》、居間から出ていきかけた真田が不思議そうに首を傾げて事情を訊ねてくる。

「何をそう慌てている？　誰を捕まえてきたって？」

「あ、あの社長……えっ、と……そ、その……斉藤《さいとう》の野郎の話です。組の金をちょろまかしたあげく、女にヤクまでまわしてやってて」

「もういい。すぐに行く」

入江はじろりと舎弟をにらみ、強引《ごういん》に話をやめさせた。そして一瞬きょとんとなった舎弟を急《せ》き立てて、足早に部屋を出る。

だが、この停止《ていし》は遅すぎた。

真田は本来、裏のシノギに関してはあまり口を出さないのだが、珍《めずら》しくあとをついてきてしまったのだ。

もちろん真田がこの組のトップだ。組内で何が起きているか確かめようとするのはごく当たり前の行為。決しておかしなことではない。しかし、この件に関しては、できれば顔を出さないでほしいところだ。

舎弟が案内したのは、さっきまで子供たちが銀杏《ぎんなん》拾いをしていた庭の隅《すみ》にある白壁の蔵《くら》の中だった。蔵といってもお宝や古道具がしまってあるわけではなく、内部はただの板の間でがらんとしている。そこに両手を後ろで縛《しば》られた男女が転がされ、まわりを十人ほどで囲んでいた。

入江と一緒に真田が現れたので、皆いっせいに頭を下げる。

「どうしたんだ、これ？　おまえら、何かやらかしたのか？」

一番に口を開いたのは真田だった。

ヤクザのトップのくせに、真田は普段から暴力沙汰《ぼうりょくざた》を嫌っている。いかにも不快げに精悍《せいかん》な顔をしかめていた。

転がされていたのは三十歳ぐらいの痩《や》せた男だ。それが真田の顔を認めたと同時に、その足元ににじりよっていく。

「しゃ、社長！　すみません！　悪気はなかったんです！　ゆ、許して下さいっ！　こ、このとおり謝ります。これからは絶対組には迷惑《めいわく》をかけませんから！　今度だけは、今度だけはなんとか勘弁《かんべん》してやって下さい」

ここに連れてこられるまでの間にかなり殴《なぐ》られたらしく、黒のタキシードはよれよれでシャツも裂《さ》けていた。ベルトの切れた蝶《ちょう》ネクタイが辛《かろ》うじて首にぶら下がっているという惨《みじ》めな格好だ。唇の端《はし》から血が滲《にじ》み、もとは色白《いろじろ》で柔和《にゅうわ》なはずの顔全体が腫《は》れ上がっている。涙と涎《よだれ》、鼻水まで垂《た》らして、今は見られたものではない。

相手が誰だろうと、こんな姿を見れば、真田はまた悪い癖《くせ》を出す。

「社長、詳《くわ》しい経緯《けいい》はあとで俺のほうから説明します。この男の処分ももう決定済みです。別にたいしたことではありません。わざわざ社長が検分《けんぶん》されるほどのことじゃないですから」

入江がそう言って真田をごまかそうとした時だった。いきなり女の金切《かなき》り声《ごえ》が蔵中に響《ひび》き渡る。

「この悪魔！　何がたいしたことないだよっ！　おまえ、この人を殺す気だろ？」

入江とそう年の変わらない女は、夜叉《やしゃ》のような顔で真っ直ぐにらみつけてきた。

入江がすっと冷えた視線を向けると、女はますます興奮《こうふん》する。

「畜生《ちくしょう》、なんだよ！　こんなでかい屋敷に住んでるくせして、あれぐらいの端金《はしたがね》、恵《めぐ》んでくれたっていいじゃないか！　そんなんでこの人を殺そうなんて、冗談じゃない！」

叫んだ女は本格的に暴れ始め、慌てて抑《おさ》えようとした舎弟を蹴《け》りつけた。

薄汚《うすよご》れた茶色の髪が乱れ、化粧《けしょう》も崩《くず》れたひどい顔だ。蹴られた舎弟が仕返しに女の頬《ほお》を張り倒す。だがもう一発殴ろうという時になって、真田が後ろからその腕をねじ上げた。

「やめろ。相手は女だぞ。かわいそうなことはするな」

声を荒げたわけではなかった。だが、その底冷《そこび》えする声に、蔵の中の空気がぴしりと一瞬で張りつめる。

真田は好青年の殻《から》からほんの僅か本気を覗かせただけで、そこにいた者たちを支配したのだ。

「社、社長！　こいつはそんな上等なもんじゃ」

真田の迫力にたじたじになりつつも、若い舎弟が女を指さす。

「女は女だ。真田組はいつから女に暴力を振るうようになった？　俺はそんなやり方、許した覚えはないぞ」

「それは、その……」

引っ込みがつかなくなった舎弟は助けを求めるように入江を振り返った。

「おい、大丈夫か？　ほんとひでぇことされたな」

真田は女のそばにしゃがみこみ、助け起こしてやっている。そして両手の拘束《こうそく》まで解《ほど》いてやる。

女の方はぽかんとそんな真田の顔を見上げているだけだ。

緊張《きんちょう》が解けたと同時、まわりを取り囲んだ者たちは、またかといった感じで顔を見合わせている。真田が弱い者にすぐ同情するのは、今に始まったことではない。

斉藤は真田組でも一番底辺《ていへん》の構成員だった。表向きは、真田のフロント企業である風俗店《ふうぞくてん》の従業員ということになっている。ホスト崩れで見てくれもそう悪くない。それに人当たりもよかったので店の女たちの受けはよかった。

斉藤が店の売上をごまかして懐《ふところ》に入れたのはこれで二度目になる。一度目は軽い処分で許してやったが、二度目ともなればそうはいかない。しかも今回は最初から隠す気もなかったらしく、金庫からごっそりまとまった金を持ちだしている。

女のほうは元ＯＬ、真田系列の町金《まちきん》で多額の借金をし、それを払いきれなくなったために店に連れてこられたという経歴《けいれき》の持ち主だった。そして斉藤とくっついたのはいいが、自分の分の借金もすべて踏《ふ》み倒し、一緒に逃げようとしていたのだ。

これを見過ごせば、組の面子《めんつ》は丸潰れになる。落とし前をつけないと、他の構成員や店の従業員にも示しがつかない。

「も、もしかして、あんたが真田組の組長さん？　ずいぶん若いけど、あんたなんでしょう？」

強《したた》かな女は急に立ち直りを見せ、自由になった両手で真田に取り縋《すが》った。女特有の鋭い嗅覚《きゅうかく》で、真田だけがこの窮地《きゅうち》から自分を救ってくれる男だと嗅ぎつけたのだ。

「ああ、真田組の責任者はいかにも俺だが……」

「だったら、ほんとにお願いっ！　斉藤は魔が差しただけなんだ。それもわたしのためだよ。こいつ、頼りない穀潰《ごくつぶ》しだけど、わたしにだけは優しくしてくれるんだ。悪いことなんかできない男なんだよ。組のお金は必ず返す！　わたしが稼《かせ》いで全部返すからっ！」

必死の形相《ぎょうそう》の女を入江は冷めた目で眺《なが》めた。

力もない斉藤のどこに惚《ほ》れこんだのか知らないが、表面上は健気《けなげ》なものだ。しかし自分の借金ですら払えなかった者が、よくもここまでその場凌《ばし》ぎのいい加減なことが言えるものだ。

しかし真田の反応は違った。入江が懸念《けねん》していたとおり、半《なか》ば本気で女に同情し、宥《なだ》めるように背中を叩いてやっている。

舎弟たちはどうしていいかわからず、入江の顔を窺《うかが》ってくるばかりだし、当事者の斉藤もぼうっと成り行きを見ているだけだ。

いずれにしても、このままではまずいことになると、入江は静かに声をかけた。

「社長、この場は任せて下さい」

女は入江の言葉が終わらぬうちから、怯《おび》えたように真田に縋りつく。

「ねぇ、お願い。こんな悪魔に任せるなんて言わないで。お願いよ」

入江が見かけによらず冷酷なのは、組の内外に知れ渡っている。それを散々《さんざん》斉藤から聞かされていたのだろう。

「大丈夫だ。心配するな。入江は悪い奴じゃない。俺からもちゃんと頼んでやるから」

真田はそう言って女を宥める。

そんな真田に、入江は目だけで外に出るよう促《うなが》した。

これ以上真田に邪魔《じゃま》をされては敵わない。入江の本音《ほんね》はそうだったが、真田は疑《うたが》いもなくついてくる。

蔵の外に出ると、すでに夕闇《ゆうやみ》が迫っていた。冷えた大気《たいき》が肌を刺し、入江はほっと息をついた。

「あいつら、何をした？」

母屋《おもや》に続く渡り廊下で、真田は真顔で訊ねてきた。

「斉藤は店の金庫から大金《たいきん》を持ち出して、逃げようとしました。女も真田からの借金を踏み倒して一緒に逃げる気だったので、取り押さえたところです」

「おい、たったそれだけのことか？　それであんなにぼろぼろになるまで殴る必要はないだろう？　あんたのほうからあいつらに言ってやってくれ」

見当違いの頼みに、入江は苦笑した。

真田の優しさは昔から少しも変わらない。

「女が借金まみれになったのは、ヤクに手を出していたせいです。斉藤はそのヤクを買いつけるために金を盗んだんです」

「ヤクだと？」

「はい。それも、うちとは昔から何かと因縁《いんねん》のある組からそのヤクをまわしてもらったようです。どちらも自分勝手で同情の余地《よち》はない。とにかく厳罰《げんばつ》は免《まぬが》れません」

そう断言すると、さすがの真田も思いきり顔をしかめる。

真田組では先代の頃から、ヤクに手を出すのを厳重《げんじゅう》に禁じられていた。二重三重に罪を犯しているのだから、罰を受けるのは当然だ。それは真田も充分にわかっている。

しかし、女や子供を含《ふく》め、弱い者に徹底して優しい真田は、入江の予測どおりに弁護《べんご》を始めた。

「それでもだ、入江。あいつら、やっぱりかわいそうだぜ。充分反省してるみたいだし、あんまりきつい処分をしないでやってくれ。頼む」

真田はそう言って、軽く頭を下げる。

どうしてここまで心の優しい男が極道の家に生まれたのか、本当に不思議だった。

とにかく表面上は従う振りをして、真田をこの場から引き離すしかない。

「わかりました。できる限り穏便《おんびん》に済ませるようにします」

「そうか、頼んだぞ、入江」

入江が完璧に取り繕《つくろ》った顔で請《う》け負《お》うと、真田は晴《は》れ晴《ば》れとした表情になる。

「それでは、俺は蔵に戻ります。社長はもう母屋のほうに戻って下さい」

「ああ、わかった」

入江は一礼し、母屋に戻る真田を見送った。

二歳年下の真田は、子供の頃からずっと変わらずに、入江の忠誠心《ちゅうせいしん》を信じこんでいる。

そして、入江が真田を裏切ることは絶対にない。

そう、入江にとって真田はこの世に二つとないものだ。

昼間、この庭に燦々《さんさん》と降《ふ》り注《そそ》いでいた、あの太陽のように――。

だからこそ、真田に忠誠を尽《つ》くす。

たとえ、その真田の意思を裏切ったとしても――。

入江はひっそりと微笑《ほほえ》みながら、蔵の中へと戻った。

「若頭！　社長は？」

「ああ、母屋に引き取ってもらった」

蔵で待ちかまえていた舎弟たちは、入江が一人で戻ったことで、ほっと胸を撫《な》で下ろしている。

「で、あいつら、どうしますか？」

年嵩《としかさ》の舎弟が顎《あご》をしゃくったのへ、入江は鋭い視線を向けた。

「取りあえず斉藤も解いてやれ」

入江の命令に男たちは黙々《もくもく》と従う。

真田が絶対の存在であるのと同じで、若頭の入江には誰も逆らわない。むしろ闇の仕事を事実上取り仕切っているのは入江なのだ。

斉藤は拘束を解かれ、心底《しんそこ》ほっとしたような顔になった。これで許してもらえると思いこんでいるらしい。隣《となり》で成り行きを見ていた女も、ぼろぼろと涙をこぼしている。

入江は皮肉な気持ちで口を開いた。

「斉藤、社長からの温情《おんじょう》だ。命だけは助けてやる。だが、無罪放免《むざいほうめん》というわけにはいかない。おまえはこの女と一緒に肉として売り払うことにした」

淡々《たんたん》と告げた入江に、斉藤はきょとんとした顔になった。

何を言われたのか、ぴんとこなかったのだろう。しかし仮にも極道の端くれだった男だ。自分の身に何が起きるか把握《はあく》したとたん、真っ赤になって怒鳴り始めた。

「わ、若頭！　それはあんまりだ！　お、俺たちを売るのかっ？　切り刻《きざ》んで内臓《ないぞう》を売る気だろ！　し、死にたくない！　俺はまだ死にたくない！　社長は助けてくれるって、それなのにあんたはその命令に逆らうのか？」

「おまえらの内臓が使い物になるかどうか判断するのは俺じゃない。聞いたところによると、新薬の実験材料にする人間も足りないし、鉱山《こうざん》で働かせる男も足りないそうだ。斉藤、おまえみたいな奴でも再就職先《さいしゅうしょくさき》はたくさんあるってことだ」

　上から見下ろし、冷え切った声音《こわね》で言うと、斉藤は恐怖に駆《か》られたように目を瞠《みは》る。

　だが今度もまた、隣でぺたりと座りこんでいた女のほうが、猛然《もうぜん》と飛びかかってきた。

「悪魔！　やっぱりおまえは悪魔だ！　あ、あの人は許してくれるって言ったじゃない！　それなのに、なんでっ？」

　赤い爪《つめ》で顔を引っ掻《か》かれる寸前《すんぜん》、入江はさっと手を振り上げた。容赦《ようしゃ》もなく頬を張り飛ばすと、女はギャッと呻《うめ》いて床に転がる。

　入江は一瞬の間も置かず、今度は斉藤の胸をわしづかんで殴りつけた。腹に蹴りも入れる。

「甘ったれるなよ。一度は許した。二度目はないと言ってあったはずだ。そこの女、おまえも勘違《かんちが》いするな。おまえらはコンクリ詰めにするのが妥当《だとう》なところだ。それを社長に免《めん》じてなしにしてやると言ってるんだ」

「ち、畜生！　悪魔！　おまえなんか地獄《じごく》に堕《お》ちろ！」

　それでも女は必死に向かってくる。

　入江は黙ってもう一発女の顔を張り倒した。

　さすがに二人とも、呻き声を上げながらその場に蹲《うずくま》っているだけだ。

　醜悪《しゅうあく》な姿だった。彼らは人生の敗残者《はいざんしゃ》だ。いったん転がり落ちた坂を再び上っていける者は滅多にいない。日の射す社会からあぶれ、底辺でもやっていけなかったとなれば、あとはもうどこ

にも行き場はない。のたれ死ぬしかないのに、最後の最後までこうやって足掻《あが》き続ける。

「連れていけ」

「わかりました！」

入江の命で、舎弟たちは急にきびきびと動き始めた。

ぐったりと床に伸びている二人に猿《さる》ぐつわを噛《か》ませた上で、再び縛り上げる。今度は完全にぐるぐる巻きの状態だった。

この先二人には死んだほうがましだと思うほどの運命が待ち受けているはずだ。

入江は真田組組長の代理として引導《いんどう》を渡してやっただけだ。ただし、組長本人の意思には反している。しかし舎弟たちもこの結末は予想済みで、真田に漏《も》らすことはないだろう。この手の処理は入江が受け持つのが真田組での不文律《ふぶんりつ》となっていた。

暴力など、本当は大嫌いだった。だが入江はあえて自分自身の手で二人に制裁《せいさい》を加えた。

それは組長の意思に背《そむ》いたのは他の誰でもない、若頭の入江であると皆に知らしめるためだ。そしてこれから哀《あわ》れな末路《まつろ》をたどるであろう二人の恨《うら》みが、真田ではなく自分のほうに向くようにとの保険だった。

ヤクザという稼業である限り、こういった後味の悪い話からは逃れようもない。そして入江は絶対に人任せにはせず、必ず自《みずか》らの手で片をつけてきた。

真田には光が似合う。だからこそ真田の手を汚さないよう、入江がその闇の部分を引き受けてきたのだ。

始末《しまつ》を終えた入江は、蔵から引き揚《あ》げて母屋の二階に向かった。

古い屋敷だが、家族用の居住スペースはかなり改装がしてあって、入江の部屋も洋風の造りになっている。続き部屋で二間《ふたま》、専用のバスルームもつけられていた。

自室に戻ったと同時、入江は吐《は》き気を堪《こら》えきれなくなってそのバスルームに飛びこんだ。

胃《い》の腑《ふ》にあったものを全部吐きだし、落ち着いたところで口をゆすぐ。それから石鹸を使って皮が剥《む》けそうになるまで手を洗った。

そこまでしても、人を殴ったいやな感触はなくならず、胃にはもう何も残っていないのに、まだ吐き気が治まらなかった。

目の前の鏡に映《うつ》っている顔は真っ青で、額《ひたい》に薄く汗も浮かんでいる。

真田家で暮らし始めて十四年にもなる。もういい加減慣《な》れてもよさそうなものなのに、暴力を振るうたびにこのていたらくだ。

「ざまぁないな。こんな顔、誰にも見せられない」

入江は血の気の失せた顔のままで己《おのれ》を嘲笑《あざわら》った。

殴って引導を渡したことに関しては一片《いっぺん》の後悔《こうかい》もない。彼らには同情も感じない。何故《なぜ》なら、かつての入江もあちら側の人間だったからだ。正確に言えば、入江の親がそうだった。いや、子供の入江をしょっちゅう殴っていたのだから、あれよりもっと下かもしれない。お陰《かげ》で入江はいまだにその後遺症《こういしょう》から抜けだせず、こうして人を殴るたびに吐いているというわけだ。

最低の気分に加えて、さらにいやなことまで思いだしそうになり、入江は力なく首を振った。そんな時、いきなりドアの開く音がして、声をかけられる。

「入江、入るぞ」

鏡の中に映ったのは、長身の真田だった。蔵での決着を確かめに来たのだろう。

「どうしたんですか、遥さん？　何か？」

「おい、入江、顔が真っ青だぞ。どうしたはあんたのほうだ。また吐いてたのか？」

真田は入江の青い顔を見たとたん、慌てたようにそばまですっ飛んでくる。

「昼に食ったものが悪かったんでしょう。たいしたことはありません。もう治《おさ》まりました」

「おい、冗談じゃないぞ。一回病院で診《み》てもらえ。あんた、この前だってげぇげぇやってただろう。俺が知らないとでも思ってるのか？」

怒ったように言う真田に、入江は無理やり笑みをつくった。

見られていたとは気づかなかった。そういうことなら、今後は蔵を使うのを控《ひか》えるべきだ。秘密を保持できる場所を他で確保する必要がある。

「たまたま重なっただけですよ。どうやら俺は胃がデリケートにできてるらしい」

頭の中とは裏腹に、入江は空とぼけてそんなことを口にした。

すると真田は納得いかないように入江の肩をつかみ、まじまじと顔を覗きこんでくる。

まともに見つめられ、入江は思わず視線をそらした。

堂々と命令に背いたばかりなので、さすがにばつが悪い。

「ほんとにどこも悪くないのか？」

「別に、大丈夫です」

「それならいい……あんたに何かあったらと思うと、気が気じゃないからな」

真田はそんなことを呟《つぶや》きながら、入江をそっと抱きしめてくる。

温かな胸にかかえこまれた瞬間、先程までの不快感がすうっと消えていくようだった。

出会った頃は自分より小さかった真田だが、今では上向かなければ視線を合わせられないくらいだ。その真田は、昔も今も絶大《ぜつだい》な癒《いや》しパワーを有しているらしい。もっとも真田の優しさは、自分に対してだけではなく、弱い者全部に向けられるのだが。

「何を子供のように懐いているんですか？　健康診断なら会社で受けました。心配なら表の連中だけではなく、組の者全員に受けさせるようにしますか？」

入江はそう言いながら、するりと真田の胸から抜けだした。けれど完全に身体が離れてしまう前に、腕を取られて引きよせられる。

「な、何を……？」

一度目は労《いたわ》るような抱擁《ほうよう》だった。しかし今度はいささか勝手が違う。真田は明らかな目的を持って入江を抱きしめているのだ。

「入江……聞いてくれ。俺はあんたのことが……」

熱を帯《お》び、掠《かす》れた声が耳に届いた刹那《せつな》、どくりと理由もなく心臓《しんぞう》が跳《は》ねた。

鋼《はがね》のように力強い腕が自分を抱きしめている。そして形のいい唇が近づいて、今にもキスされそうになる。

真田は自分に欲情している。

そう思った瞬間、かっと身体の芯《しん》が熱くなった。

だが入江は大きく胸を喘《あえ》がせながら首を振った。

欲しがっているなら抱かせてやってもいい。しかし、真田を男同士のつき合いで汚《けが》すのは絶対に避《さ》けなければならなかった。

ただの欲望《よくぼう》処理ならいい。この身体をそういう目的で使いたいならいくらでも提供する。

しかし真田が求めているのはそれだけではないだろう。恋愛感情とまではいかなくとも、これまで十四年もそばにいたのだ。入江に対してなんらかの情を持っていることは確かなのだ。

だからこそ、一度でも身体を繋げてしまえば、ただの欲望処理では済まなくなる。

真田組の三代目は男を抱いている。

そんな噂が立つのは絶対に許せることではない。

「遥さん、溜《た》まってるんですか？　それなら我慢せずに、見まわりの時、どこかの店に寄ってやればいいんです。みんな、あなたが相手をしてやれば大喜びしますよ」

くすりと余裕《よゆう》の笑みを浮かべ、からかい気味に言ってやると、真田は憮然《ぶぜん》とした顔になった。

「申し訳ない。俺には男を相手にする趣味はないので」

へたに慰《なぐさ》めるより、ずばりと言ってやるのが一番とばかりに、入江は軽い調子で断言した。

さすがの真田もそこまで言われては退《ひ》くしかない。

「……で、さっきの後始末はどうしたんだ？」

まだ憮然としたままの顔で、真田は抱きしめる対象物を失った腕を組んだ。

「あの二人は、若宮《わかみや》にやりました。うちにこのまま置いておくのはいくらなんでもまずいので」

「そうか、若宮に任せたのか……若宮ならそうひどいこともしないだろうからな」

真田が言うのへ、入江は頷いた。

若宮というのは真田組の元幹部《もとかんぶ》で、真田が三代目を襲名した時に独立した男だ。真田の信頼も篤《あつ》く、また入江が、真田には内緒で動いていることも承知だ。

若宮は入江が下げ渡した二人を中国マフィアにでも売るだろう。しかし、手元さえ離れてしまえば、もうあとはどうでもいい。入江は無理にもいやな記憶《きおく》を捨《す》て去った。

「さあ、遥さん、そろそろ夕食の支度《したく》が整う頃です。俺はメールチェックが残ってるので、先に行って下さい」

「あんた、ほんとに大丈夫か？　飯《めし》、食えるか？」

真田はまだ心配そうな口ぶりだ。

「大丈夫です。吐いたら逆に腹が減《へ》りました」

食欲など一つもなかったが、入江は笑顔でいって真田を部屋から追いやった。

2

その日は晴天《せいてん》だった。

郊外の小さなキャンプ場で、真田を含めた近所の家族が五組ほどでキャンプを楽しんでいる。

入江は若い舎弟の一人を伴《ともな》って、このキャンプの様子を遠巻《とおま》きに観察《かんさつ》しているところだった。

あたりはゆるい丘陵地帯《きゅうりょうちたい》で、すでに紅葉《こうよう》も盛《さか》りを過ぎている。葉を落とした雑木林《ぞうきばやし》の中に小さな湖があって、その湖岸《こがん》にタープが二張り連結して張られ、下にはテーブルと椅子《いす》、クーラーボックスなどが並んでいた。まわりにあるモスグリーンやベージュ色のドームテントは寝るためのものだろう。

大勢の子供を含めた一行《いっこう》は、外でバーベキューに勤《いそ》しんでいるところだ。

入江は最後まで頑固《がんこ》にこのキャンプに参加することを辞退《じたい》した。しかし仮にも真田は組長だ。万一《まんいち》ということもあるので、こうして護衛《ごえい》を兼《か》ねて遠くから見守っているのである。

入江が車を停《と》めさせたのはこのキャンプ場の駐車場《ちゅうしゃじょう》だった。真田たちのいるサイトより一段高くなっており、境《さかい》にある竹林《ちくりん》でうまい具合《ぐあい》に目隠しもされている。不審者《ふしんしゃ》と思われないように、わざわざ地味なワゴン車を選び、運転手にはスーツではなくジャンパーを着せてある。入江自身も普段よりはいくぶんカジュアルなスーツ姿。そこまで気を遣《つか》ったせいで、真田以外の家族は誰一人として自分たちが観察されていることに気づいていなかった。

「若頭、なんか美味そうな匂いが漂《ただよ》ってきますね。すんげぇ肉の固まりを焼いてますよ。あれ、三キロぐらいあるんじゃないすかね？」

運転席の窓を開け、双眼鏡《そうがんきょう》で覗いている舎弟は、佐久間隼人《さくまはやと》というまだ二十歳《はたち》を過ぎたばかりの男だ。がたいがよく、武道の嗜《たしな》みもあるので、入江はよく真田の護衛をさせていたが、このぐらいでよだれを垂らしているようではやはりまだまだだ。

「隼人、おまえ、さっき腹ごしらえしたばかりだろう」

「ええっ、でも、あの肉ですよ？　でっかい金串《かなぐし》に刺してなんか本格的にくるくるまわしながら炭火《すみび》で焼いてるんですよ？」

隼人が舌なめずりをしそうな勢いでいうのも無理はなかった。

確かに肉を焼く香ばしい匂いがここまで漂ってくる。サイトにいる者たちが輪になって取り囲む中で、真田が肉の固まりを焼いていた。そしてナイフで焼けたところをそぎ落とし、子供が差しだす紺色の皿に載せてやっている。

組長は楽しくバーベキュー。入江と隼人はその組長の身辺に万に一つも間違いがないようにこうして遠くから見張っているだけ。

嘆《なげ》きたくなる気持ちはわからないではないが、ここはやはり締めておく必要がある。

「おまえ、ここへは何しに来た？」

入江が厳しい声を出すと、佐久間は急に首を引っこめた。

真田組ナンバー2の入江は、下っ端《したっぱ》の隼人からしてみれば雲《くも》の上にいるに等しい幹部だ。どんなに優しげな風貌だろうと、何かがあればいくらでも冷酷になれることも知っている。

「す、すみません、若頭！　怪《あや》しい奴がいないか、ちゃんと見張ってます」

「それならいい。俺は少しその辺を歩いてくる。ここでじっとしているだけじゃ、完璧な護衛とは言えないからな」

入江がそう声をかけて後部席のドアを開けると、隼人は大きく頷く。

車から外に出ると、澄み切った空気が気持ちよかった。そして風に乗って肉の焼ける匂い……。

入江はくすりと笑いながら、竹林の間から見える光景に目を細めた。

器用に肉を焼いている真田は本当に子供から好かれている。この前、屋敷で銀杏《ぎんなん》拾いをしていた小学生にプラスして、今日はその妹や弟たちも真田に群《むら》がっていた。

「職業、間違えてるかもしれないな……」

入江は誰へともなく呟いた。

家が極道でさえなければ、真田は教師か、あるいは保育士《ほいくし》になるほうが合っていたのかもしれない。きっと子供に絶大な人気を誇《ほこ》るいい先生になったことだろう。

そんな真田が極道の家に生まれたのは、運命の皮肉としか言い様がなかった。

だが、その極道の家に真田がいたからこそ、入江自身は泥沼《どろぬま》からすくい上げてもらったのだ。

青空の下、笑顔でキャンプを楽しむ家族。それは入江からもっとも遠い光景だった。

キャンプ場を一周する遊歩道《ゆうほどう》をそぞろ歩きながら、入江は自然と昔のことを思いだしていた。

真田と初めて会った日、遠い過去を――。


物心がついた頃から、入江にとって暴力はごく身近なものだった。母親からのＤＶを受けて育ったのだ。

母の麻美《あさみ》は二十歳の時に、未婚《みこん》のまま入江を生んだ。母はごく普通の家庭で育ったらしいが、もともとなんでも他人に依存《いぞん》する傾向が強く、男とのつき合いも多かった。驚いたことに、入江の父親が誰かもわからないという話だった。

それでも最初のうちは女手《おんなで》一つで入江を育てようと努力はしたらしい。しかし私生児を生んだことで両親からも見放され、当然のごとく生活は苦しかったようだ。美人でスタイルもよかった母は結局ホステスになり、そこでまた色々な男に頼るようになった。つき合った中には社会的地位のある立派な人間もいたらしいが、何故か最終的に一緒に暮らすようになったのは、これまでの中で一番いい加減な男だったのだ。

その男はヒモ同然で定職に就かず、昼はパチンコ屋に入り浸《びた》り、たまにヤクザの使い走りで小遣いを貰うと、それを全部競馬《けいば》や競輪《けいりん》に注ぎこんですってしまうという状態だった。

さすがの母も愛想《あいそ》を尽かし、他の男を頼っては入江を連れて逃げ出すということをくり返していたが、どういうわけか、一週間もすると元の鞘《さや》に収まってしまう。そのうち母は入江をその男の元に置いて、一人で家出をするようになった。当然、男の憎しみは入江に向く。そうでなくとも荒《すさ》んだ生活が続き、母はその苛立《いらだ》ちから入江をぶつようになっていた。そこに男の本格的な暴力が加わったのだ。

入江が小学校の高学年になる頃には、生活はどん底まで落ちこんでいた。母はあちこちから借金を重ねるようになり、男もまた高利息の金を借りる。最初は銀座《ぎんざ》から始まったホステスの仕事も徐々《じょじょ》に場末《ばすえ》へと移り、その間、男は相変わらず賭《か》け事三昧《ごとざんまい》。返済などできるはずもなく、二人はとうとうヤクザから追われる身となったのだ。

その時、入江は中学一年になっていた。そして意思の弱い母親とろくでもない男、毎日のように振るわれる暴力からなんとか逃げだそうと、新聞配達のバイトに勤しんでいた。中学一年では他にできることがなかったのだ。年をごまかして水商売系で働くことは可能だったし、容姿を買われて母の知り合いから声をかけてもらったこともある。しかし、悲惨《ひさん》な暮らしをしていたからこそ、自分たちをここまで追いこんだ闇に通じる仕事はしたくなかった。

そして、その事件は起きたのだ。

ある日突然、二間しかない安アパートにヤクザがやってきて、母や男とともに入江までが拉致《らち》された。いつの間にか、返済できなくなった借金の形《かた》に、子供の入江を売り飛ばすという話が進んでいたのだ。

「こいつは驚いた。たいした上玉だ。仕込みを始めるにはちっと遅い気もするが、中一ならこれから五年は稼がせられる」

ヤクザに会うのはこれが初めてではない。だが、サングラスをしてにやけた笑みを浮かべた強面の男たちは、明らかに入江のことを話していた。

薄汚れた事務所の隅で、母も母の情夫《じょうふ》も入江とは目を合わせようとせず、あらぬほうを見ている。取り巻いている男は七、八人いただろうか。そいつらは入江を無理やり裸《はだか》にして、品定めを始めたのだ。

「かわいそうに。身体は傷だらけだな。だが、その怯えた顔は充分に好き者の爺《じじい》どもを喜ばせそうだ。いっそのことMにでも仕込んでやるか」

幹部らしき男の声に、まわりで下卑《げび》た笑い声が上がる。

入江は初めて自分を男妾《だんしょう》にしようという目論見《もくろみ》に気づき、それからは猛然と反発した。

「何すんだよ？　離せよっ！　オレは関係ないだろ？」

「大ありだ。おまえは売られたんだ。恨むなら親を恨め」

「いやだ！　離せっ！」

「大人しくしろ、この餓鬼《ガキ》！」

どんなに殴られようと、痛みには耐性《たいせい》ができている。だから細い腕を振りまわし、男たちに噛みついて、とにかくできる限りの力で暴れまくった。

男妾として売り飛ばそうという商品に、あまりひどいことはできない。価値が下がってしまうほどの傷はつけられず、男たちは入江を持てあました。その結果、入江はまた違う組織へとまわされることになったのだ。

二度、三度、同じようなことがくり返されて、最後に入江は立派な屋敷の庭に連れてこられた。寒空《さむぞら》の下、襤褸布《ぼろぬの》のように破《やぶ》れた薄いシャツ一枚の姿で地面に両膝《りょうひざ》を着かされる。その頃にはもう精《せい》も根《こん》も尽き果《は》てていた。

霞《かす》む目でぼんやり見上げると、濡れ縁に立っていたのはずいぶん立派な風体《ふうてい》の和服の男だった。どこか大きな組の組長なのかもしれない。

「これか、問題の子供は？」

「はい、きれいな顔してるんで、男妾にするつもりだったらしいんですが、本人がいやがって暴れまくったそうで。こんなじゃ客の気に入るように仕込むのは並大抵《なみたいてい》じゃない。そこまで手間暇《てまひま》かける余裕がないって話でたらいまわしにされてたんですよ。で、最終的にうちに泣きついてきたってわけで」

「そうか、しかしうちもそういうのが専門てわけじゃないしな」

「やはり、まわしますか？」

「そうだな。かわいそうだが、仕方がないだろう」

入江は最後の力を振り絞《しぼ》るように濡れ縁の男をにらんだ。

おそらく自分は外国に売り飛ばされるのだ。今までも散々そう脅《おど》かされていた。去勢《きょせい》されて一生娼館《しょうかん》で飼《か》い殺しにされる。そういうのも外国ならありだと。それに最終的には臓器《ぞうき》も売り飛ばせるのだと……。

どうして自分がこんな目に遭《あ》わなければならない？

何故、自分だけが？

頭を巡《めぐ》るのは疑問ばかりだった。それでもこれが持って生まれた運命だからと、諦《あきら》めたくはなかった。最後の最後まで、そんなものには屈《くっ》したくなかった。

だが、もう身体のどこにも反発する力は残っていない。

入江はただ血が滲むほどの勢いで唇を噛みしめているしかなかったのだ。

「オヤジ、なんだよ、その子？　寒いのにシャツ一枚しか着てないなんて、風邪《かぜ》ひくぞ。それに傷だらけじゃないか。早く手当てしてあげないとかわいそうだよ」

天からふわりふわりと雪が舞い落ちていた。

そんな中で突然子供の声が響き、痛いほど凍《こお》りついていた背中が急激に暖かくなる。

はっと気づくと、自分より小さな男の子が背中にオーバーを着せかけてくれたのだった。たった今までその男の子が着ていたのか、ふんわりとした上等のオーバーはほかほかと温《ぬく》もっていた。

「遥、帰ってきたのか。ここは子供の来るところじゃない。奥へ行ってろ」

「何言ってんだよ、オヤジ？　子供の来るとこじゃなかったら、この子も奥に連れてってやんなきゃ駄目だろ」

「遥、その子に近づくな。おまえは奥に行ってろ。何度も言わせるな」

濡れ縁の男が厳しい声音で言うが、男の子には少しも怯《ひる》んだ様子がない。

「若、さあ、奥に行って下さい。これは若が関わっていい話じゃないんです」

「親父《おやじ》に怒られないうちに、早く」

入江を押さえつけていた強面の男たちも、いっせいにその子供を宥めにかかる。

入江はそこで初めて、子供の顔を見上げた。

まだ小学生なのだろう。自分より二、三歳は年下の小さな男の子だった。かわいらしく整った顔立ちで、薄い紺色のセーター一枚という姿だ。学校帰りかそれとも塾《じゅく》帰りか、そばに立っている長身の男が、その子供の鞄《かばん》らしきものを持っている。

「オレ、この子も一緒じゃないと、奥へなんか行かないからな。絶対だぞ」

男の子は憤然《ふんぜん》とした様子で入江を庇《かば》う。

だが、それまでぼうっとしていた入江は、この展開がまだよくのみこめない状態だった。

「なぁ、手当てしてあげるから、奥に行こう。立てる？」

「……」

男の子は小さな手で入江の身体を懸命に抱き起こそうとしている。

まわりの大人たちはその子に遠慮《えんりょ》して、手を出しあぐねている感じだった。

濡れ縁に立っていた迫力のある男は、どうやらこの子供の父親らしい。声を荒げずともその場を支配する圧倒的《あっとうてき》な力に満ちていた、その男ですら、息子のきっぱりとした行動に押し黙ってしまっている。

入江は凍《い》てついた庭から豪壮《ごうそう》な屋敷の中へと連れていかれた。今まで見たこともないほど立派な座敷だ。

男の子の要求ですぐに救急箱が運ばれてきて、傷の手当てを受ける。

背中から男の子のオーバーが取り去られた時、入江は一瞬、惜《お》しいと感じた。

しかし、強面の男の一人がてきぱきと傷を消毒し、薬が塗られる。そのあと入江は、別の男が用意してきた真新しい大きなシャツとセーターを着せられた。

「オレ、遥。真田遥。お兄ちゃんは？」

ずっとそばで様子を見守っていた男の子が口を開く。

きらきらとした瞳で覗きこまれ、入江は何故かどきりと心臓を高鳴らせた。

「流生……入江、流生」

ぽつりと答えると、遥という優しい名の男の子はさらに目を輝かせる。

「うわー、りゅうせいって、なんかカッコイイ名前だな」

「オレは大嫌いだ、こんな名前」

入江は思わず吐き捨てた。

流れのままに生きる——まさに名のとおりだった。今までのことを思えば、こんな名前がいいとは到底《とうてい》思えない。

「なんで？　すごくカッコイイのに……お兄ちゃん、めちゃくちゃ強いしさ」

「強い？　オレが？　どうして？」

心底不思議に思って問い返す。すると遥はにこっとした笑顔になった。

「だって、こんなにいっぱい傷とか痣《あざ》とかできてたのに、一回も痛いって言わなかった。偉《えら》いよ」

入江は驚いて目を見開いた。

痛みには慣れっこになっていただけだ。それなのに、偉いだなどと言われ、しばしぼうっとなってしまう。

「お兄ちゃん、行くとこないんだろ？　オレ、オヤジに頼むからずっとこの家にいなよ」

「え？」

行くところがないのだろうと断言するのは、自分の親が何者であるかよく知っているせいだ。

そのうえで遥は入江を家に置くと言っている。

笑ってしまいそうだった。そんなこと、いくらこの子でも出来るわけがない。

「もう誰もお兄ちゃんを傷つけないように、オレが守ってやるよ。だから安心していいんだ」

その子供、遥はそっと入江の頬に触《ふ》れてきた。

冷たい手だった。けれど、触れられたとたん、じわりと胸の内が温かくなってくる。

守ってやるよ。だから安心していいんだ――。

今までただの一度もそんなことを言われたことはない。

自分は無力な子供だった。その入江を慰め、守ろうと言ってくれたのは、もっと小さな子供だ。

遥の言葉を信じたわけではなかった。世の中がどういうものか、入江はこの年ですでに知りすぎるほどに知っている。

それでもふいに泣きたくなってきた。涙など、今までほとんどこぼしたことはなかったのに、入江は嗚咽《おえつ》を堪えるのに恐ろしいほどの苦労をさせられた。

その翌日、入江は改《あらた》めて、遥の父親、真田組の組長に呼ばれた。

座敷の床《とこ》の間《ま》を背にした和服の男は威圧感《いあつかん》に満ちている。今まで本当の意味で力のある男には会ったことがない。入江も自然と背筋が伸びるような思いをさせられた。

「遥がおまえを家に置けと言う。あれの我《わ》が儘《まま》は今に始まったことじゃない。だがいつも一本筋《すじ》がとおっている。おまえは自分の立場がわかっているな？」

訊ねられて、入江は黙って頷いた。

「この家は極道の家だ。遥はいずれこの真田組を継《つ》ぐことになるだろう。おまえはどうしたい？」

入江は質問の意味を計《はか》りかね、首を傾げた。

真田はまるで選択肢《せんたくし》があるかのように言う。自分には選ぶ権利などないはずだ。どうしてこんなことを問われるのか、まったくわからなかった。

「現時点でのおまえの道は二つに一つだ。予定どおり売り飛ばされるか、それともここに残って真田の人間になるか。いずれにしてもおまえの道だ。自分で決めろ」

入江は唖然《あぜん》となった。

それなら、ここに残るといえば、自分は助かるのだろうか？　もう外国に売り飛ばされる心配もしなくて済む？　あの母とも、あのろくでもない男とも別れられるのか？

ここに残れば、いずれ自分もヤクザになるのかもしれない。しかし今までのことを思えば、それだって天国だ。そして、今だけこの家の者に従う振りをして、機を見て逃げだすことだって出来るかもしれない。

薔薇色《ばらいろ》の未来に想像を巡らせているうちに、入江は思わず微笑んでいた。

そうして、真田を見上げた瞬間、びくりと凍りつく。

真っ直ぐ射抜くように見つめられ、入江はいやでも思い知った。そんな甘い考えは許されるはずもないのだ。

脳裏《のうり》には遥のことが浮かんだ。

小学生の言葉にやすやすと従う極道など、どこにいる？　しかも目の前にいる男は、ひとにらみで屈強《くっきょう》の者たちを震《ふる》え上がらせるような迫力に満ちている。極道として一家を率《ひき》いているのだ。相手が自分の息子だろうと、安易《あんい》に我が儘など許すはずがない。

それでもあえて真田は、入江自身に選択権をよこした。

それはどうしてだ？

自分は無力な子供だが、遥は違う。子供ながら我が儘にも筋をとおし、自分なりに覚悟を決めたうえでの発言だったのだろう。だからこそ、その言葉には極道の父親でさえも動かす力があったのだ。

惨めな自分に新《あら》たな道を与えてくれたのは、他ならぬ遥だった。遥だけが自分を地獄から救ってくれた。

だとすれば、自分が取るべき道は一つしかない。

——オレが守ってやる。

そう言ってくれた遥を、今度は自分が守る。

そして一生をかけて、受けた恩に報《むく》いなければならない。

ここで逃げだして終わりでは、この先も坂を転がり落ちていくだけだろう。安易な考えに取りつかれているだけでは、あの惨めな母やその情夫と同じになってしまう。

入江はきっと真田を見上げ、それから両手を着いて頭を下げた。

「お願いします」

「わかった。それならおまえをこの家に置こう」

よけいな問いを省《はぶ》き、真田はただそう告げただけだ。

入江が子供なりにつけた覚悟。それを充分読み取っての言葉だった。


遠い日の思い出にとらわれていた入江はふと我に返った。

陽射しがやけに明るく、目を細めてしまう。

あれ以来、入江は真田家の世話になり、大学まで出してもらった。将来極道になるのは決まっていたが、飢《う》えることもなく、また意味もなく殴られることもない。それまでとは百八十度違う、平穏《へいおん》で満ち足りた生活を送ってきた。

新しく開《ひら》けた人生は真田 遥という子供に貰ったものだ。だからこそ、その子を守り、尽くすのが自分の務めだと、入江は一度も迷うことなく思い続けてきた。

キャンプ場を巡る遊歩道をゆっくり半周ほどした時だった。

「おい、入江！」

大きく呼ばれて振り返る。

両手にホーローの皿と保温のきくステンレス製のカップを持った真田が走りよってきた。皿の上には肉を挟《はさ》んだパンが載せられている。

「遥さん、俺はここにいないことになっているのに、反則《はんそく》ですよ」

「そう言うな。あんたたちに見張りをさせてるのに、俺一人で楽しんでたんじゃ落ち着かない。今、隼人にも持ってってやった。あんたも食えよ。美味いぞ」

真田はそう言いながら、遊歩道の途中にあるベンチに誘《さそ》う。

くったくのない様子に、入江は短く息をついて従った。

真田はなんでもないことで押しの強さを発揮する。そして入江は昔から、それに逆らえた試しがない。

「焼きたての肉に芥子《からし》を利《き》かせてある。肉が食えないようなら、こっちのミネストローネを飲んでくれ。じっくり煮込んだからいい味になってるはずだ」

入江は石のベンチに腰を下ろし、真田からスープのカップを受け取った。

真田は、入江が胃を悪くしていると思いこみ、気遣っているのだろう。

「ありがとう。いただきます」

ここで遠慮しても仕方がないと、入江は素直に差し入れを味わった。

「どうだ？　美味いか？」

隣に座り、目を細めて訊ねた真田に、入江は頷いた。

ジューシーにやわらかく焼き上げた肉と軽く炙《あぶ》ったパンとのシンプルな組み合わせは、思った以上に美味い。スープのほうもトマトの酸味《さんみ》が他の野菜のコクと合わさって、いい味に仕上がっていた。

真田は満足げに入江が食べる様子を眺めている。

「外で食べる飯は美味いんだ。だけど、俺も少しは反省した。やっぱりキャンプはまずかったな」

意外な言葉を聞いて、入江は眉《まゆ》を上げた。すると真田は照れたように口元をゆるめる。

「キャンプの間、こうやってずっとガードを続ける気だったんだろ?」

「それは当然です。遥さんを一人で歩かせるなど、あり得ませんからね」

「まあな、仕事の時は仕方ないとは思っていた。しかし、プライベートのキャンプまで、あんたの手を煩《わずら》わせるとは思ってなかったんだ」

「では、今後は考えを改めて下さい。あなたの身体はあなた一人のものじゃない」

「わかったよ。わかった」

容赦なく切りこんだ入江に、真田はとうとう両手を挙《あ》げて降参《こうさん》のポーズをした。

「反省してもらえたなら、結構なことです」

「そうだな。今日は夕食までつき合ったら、ここには泊まらずに引き揚げることにする。そうじゃないと、あんたは車の中で夜明かしする気だろ?」

「もちろん、そのつもりでした」

入江の答えを聞いて、真田はふっと嘆息する。

大らかな真田が窮屈《きゅうくつ》な思いをするのはかわいそうな気もするが、これは譲《ゆず》れない線だ。

「なあ、入江……あんたはどうして真田に残ったんだ？」

「え？」

唐突《とうとつ》な問いに、入江はとっさには返事ができなかった。

今までこんな風に改まって理由を訊《き》かれたことはない。

真田は横からじっと見つめてくる。きれいに澄んだ瞳だった。

「俺がいたからか？　あんたはまだ真田に恩を感じているんだろ？　……その、特に言いだしっぺだった俺に……」

言いにくそうに語尾を濁らせた真田に、入江は胸がしめつけられるような思いに駆られた。

十四年、同じ屋根の下で暮らしていた相手に、適当なごまかしは通じない。

「それは、当たり前のことでしょう。俺の親には子供を育てる能力がなかった。あなたもご存じのように、俺は毎日親から殴られていたんです。おまけにその親から借金の形に売られました。あの地獄から抜けだすきっかけをくれたのは、子供だったあなただ。だから、あなたにも、亡くなった組長にも、恩を感じてます」

入江が素直に心情を明かすと、真田はさらに大きくため息をつく。見つめてくる視線には何故か揺《ゆ》らぎがあった。

「あんたは充分に恩を返してくれている。今の真田があるのも全部あんたのお陰だ。だから、入江……そういうの、もうなしにしないか？　俺、あんたには自由になってほしいんだ」

ずきりと胸が痛んだ。

真田の言いたいことはわかっているが、見放されてしまったかのような寂《さび》しさを覚える。

「俺は、もう役に立ちませんか？」

「そうじゃないって。あんたにはずっとこのまま真田にいてほしいと思ってる。しかし、それだとあんたはずっと無理するだろ。真田のためにとか、俺のためにとかで、神経すり減らしてるんじゃないかと思うと、いやなんだよ。本当はヤクザなんかやりたくないんだろ？」

「遥さん」

「あんたにはヤクザなんか似合わない。なのに恩があるから他の道を選ばない」

入江はとっさに真田の逞《たくま》しい腕をつかんだ。

「遥さん、それ以上言うのはやめて下さい。侮辱《ぶじょく》と取りますよ？」

「入江、俺は」

真田の目がふいに真剣になる。

ベンチで隣り合って座っているという状態だ。これ以上近づくのは危険だった。

真田は、入江のためを思えばこそ、こんなことを言い始めたのだ。それに、真田の眼差《まなざ》しは、まるで恋人に向けるかのように、熱っぽくなっている。

心臓が音を立て、呼吸まで苦しくなるようだった。

真田は真剣に自分を思っている。

それが恋情《れんじょう》か、ただの欲情かは知らない。それともこれも家族愛のうちなのか……。

だが今の真田は他の誰でもない、自分のことだけを思っている。

それが純粋《じゅんすい》に嬉しかった。

けれど、流されてしまうわけにはいかないのだ。

入江はふっと息をつき、真田から手を離した。

「真田に恩がある。それは俺だけじゃないですよ。真田にいる人間のほとんどがそうだ。あなたが言うように、本心ではヤクザが嫌いな者もいるかもしれない。でも、そんなことを口に出す奴はいません。それに好き嫌いがどうあれ、俺たちは真田という家を離れては生きていけない。だから、どこか他へなど、行きたくないんです。それより遥さん、あなたのほうこそ、どうなんです？　優しいあなたのことだ。本当は、真田を継ぎたくなかったんじゃないですか？」

入江が最後にそう切り返すと、真田はさすがにむっとしたような顔つきになる。

もともと怒らせるのが目的でつけ加えた言葉だ。

「俺は三代目を襲名したことを後悔などしていない。優しいとか言われるのも心外だ。俺は弱い者をいたぶるような真似はしたくない。それだけだ」

真田の言い分を聞いて、入江は思わず微笑を浮かべた。

やはり、この男には太陽の光が似合う。

「すみません、よけいなことを訊いてしまった。でも、遥さんのほうも同罪だ。今後は互いにへたな詮索《せんさく》も心配もしない……それでいいですか？」

「……わかった」

真田はそう言って頷いたものの、まだ何か納得がいきかねるように眉をひそめている。

「これ、ごちそうさまでした。美味かったです」

話のけりをつけるために、入江は食べ終えた皿とカップを真田に押しつけた。

「じゃ、俺はキャンプサイトに戻る」

真田は潔《いさぎよ》くベンチから立ち上がってサイトに戻りかける。

だが、途中でふっと振り返って言う。

「入江、今度は組の連中とキャンプに来ような」

にっこりとした笑顔に、入江は何も言えずに頭を振った。


その夜かなり遅い時刻に、真田は無事に帰宅した。

車は別々だが、入江も運転手を命じた隼人とともに真田の屋敷に帰った。

「ご苦労だったな、隼人」

「はい、若頭。でも、社長の焼いた肉、美味かったっすね」

「よけいなことは言わなくていい。それより隼人、今日はもういいから、ゆっくり休んでくれ」

「はい」

隼人をねぎらい、自室に引き揚げようとした時だった。

ふいに若い舎弟から来客を告げられて、入江は眉をひそめた。

若宮が訪《たず》ねてきたというのだ。もう夜も更《ふ》けている。前触れもなくこんな時間に屋敷に顔を見せるとは珍しいことだ。

「なんだ、若宮が来たのか。しばらくぶりだな」

隣で一緒に報告を聞いた真田は、なんの不審も持たなかったようで、俄然《がぜん》嬉しげな顔になる。

二人で応接室に行くと、若宮はゆったりと黒革《くろかわ》のソファに鍛《きた》え上げた長身を沈めていた。

真田組の元若頭だった若宮は今三十六歳。苦み走ったいい男という言い方がぴったりくる風貌で、イタリアブランドのしゃれたスーツをすっきりと着こなしている。

「やあ、遅い時間にすみません」

「あんたならいつだって大歓迎《だいかんげい》だ。どうだ、組のほうは？　仕事はうまくいってるのか？」

真田が向かいに腰を下ろし、さっそく近況《きんきょう》を訊ねる。

「シノギのほうなら、ぼちぼちといったところですね」

若宮は如才《じょさい》ない様子で問いに答えていた。

「若宮さん、何か飲みますか？　この前気に入っておられたリキュール、また仕入れておきましたが」

どっしりした大理石《だいりせき》のローテーブルにはすでに茶托《ちゃたく》に載せたお茶が出されていたが、入江は若宮の様子を窺いつつそう訊ねた。

「ああ、あれか。あれは確かに美味い。誰かグラスを持ってこい。ついでにつまみもな？　いいだろ、若宮？」

若宮よりも真田のほうが先に乗り気になって舎弟に命じる。

「じゃ、お言葉に甘えるとするか」

「何、他人行儀《たにんぎょうぎ》なことを言ってるんだ？　あんたは今だって真田の家族も同然なんだから。な、入江？」

同意を求められ、入江は微笑を浮かべながら頷いた。

「どうぞ、ゆっくりしていって下さい、若宮さん」

入江は本心からそう勧《すす》めた。ひとえに若宮の訪問理由が知りたかったからだ。

注文したリキュールを運んできたのは、帰ったとばかり思っていた隼人だった。

隼人にとって若宮は、憧《あこが》れの兄貴だった。きっと慌てて引き返してきたのだろう。

「隼人か。おまえも元気そうだな。今日は社長のお供でキャンプに行ってたんだろう？」

「はい、俺はボディガードでついてっただけですけど、社長の焼いた肉、もう、めっちゃ美味かったっすよ」

「バーベキューで肉か……そりゃいいな」

「そうなんです。もう金串に刺したでっかい肉がくるくるまわって、匂いがたまんなかった。うちの社長はなんでもできるんですごいっすよ」

「ま、おまえもそこに座って飲め」

「はいっ！　ご馳走《ちそう》になります！」

若宮に言われ、隼人は嬉々《きき》としてソファの隅に座りこむ。そして延々《えんえん》と双眼鏡で覗いていたキャンプの様子を語ってきかせた。

真田はいつもどおり機嫌《きげん》がよさそうにその話に参加している。入江だけは若宮の真意を計りつつ、黙って強い酒を口に運んだ。

フランボワーズをベースにした辛口《からくち》のリキュールは、ボトルごと冷凍庫《れいとうこ》で冷やしてあった。度数がやたらと高いので、もちろん凍るようなことはない。それを小振りのグラスにたらりと注いで、生《き》のままで飲むのが通《つう》というわけだ。

鼻を突くきつい香りもあって、入江はちびちび舐《な》める程度しか飲めないが、酒に強い若宮と真田は三口ほどでグラスを空《あ》けてしまう。隼人も見栄《みえ》を張るように頑張《がんば》ってはいたが、一杯空けただけで顔が真っ赤になっていた。

「そういや、明後日《あさって》ですね、東和会のパーティー。社長も行くんでしょう？」

「ああ、もちろんだ。行くぞ。東和会の幹部はうるさ方揃いだからと入江に言われてる。仕方ないだろ」

若宮が発した問いに、真田は苦笑いをしながら答える。

東和会は関東一の指定組織で、真田組も、そこから独立した若宮も、その下部団体になる。立場上、出席しないわけにはいかない。

「社長が、いくら気取ったつき合いが苦手だからと言っても、義理事《ぎりごと》は疎《おろそ》かにできませんからね」

「まったく、ヤクザってのは厄介《やっかい》なもんだ」

真田はさもいやそうに顔をしかめる。

「相変わらずだな、社長も。これじゃ入江が苦労するわけだ。今日だって無理やりキャンプに行ったんでしょう？」

「なんだ、あんたも入江の味方かよ？」

吐き捨てた真田に、若宮は声を立てて笑い始めた。

二年前まで若頭だった男だ。当然のごとく真田組の内情はよく知っている。そして真田自身も若宮には絶対的な信頼をよせているのだ。

楽しげに酒を酌《く》み交《か》わしている男たちを見て、入江は内心でため息をついた。

元真田組といえど、若宮はすでに別の一家をかまえている極道だ。いくら家族同様といっても、少しは警戒《けいかい》してほしいと思うのだが、真田自身にはまったくそんな気がない。

若宮はただ酒を飲みに来たわけではないだろう。そしてご機嫌伺《うかが》いに来たわけでもない。

いったい何をしに来たのか……。

入江があれこれ憶測《おくそく》していた時、その若宮がふいに席を立つ。

「ああ、酔ったな。さすがにこの酒はきつい。俺はちょっとトイレだ」

若宮が応接室から出ていったので、入江もさりげなく口実を設《もう》けてそのあとを追った。

案の定、若宮はトイレを済ませたあとも応接室には戻らず、常夜灯《じょうやとう》に照らされた庭を眺める振りで入江を待ち受けていた。

夜も更けている。屋敷に残っている舎弟は僅かだ。冷え冷えと静まり返った廊下で、入江はあらためて若宮と向き直った。

「何かありましたか？」

さりげなく水を向けると、さっそく物騒《ぶっそう》な情報がもたらされる。

「音羽組《おとわぐみ》に気をつけろ。真田、ねらわれてるぞ。おまえにも覚えがあるだろ？」

「音羽組というと、西日本連合系ですね。最近、派手にのし上がってきたという？」

肯定《こうてい》も否定《ひてい》もせず、入江は曖昧《あいまい》な答えを返す。

若宮は入江の真意を探るように鋭く見据えてくる。やはり油断のならない男だ。

音羽組の名前にはいやというほど覚えがあった。最近入江が手がけている仕事に、絡《から》んでこようとしている組織だ。

新興《しんこう》団体の音羽組は、西日本連合系とはいいながらも、かなり独立色が強い。中国マフィアやロシアマフィアとも組み、儲《もう》けになるなら見境《みさか》いなくなんでもこなすという危険な噂もある。

「入江、とぼけるのはなしだ。おまえ、今、何か大きな仕事に取りかかってるだろ？　何やってるんだ？」

「ごくまっとうな儲け話があって、それを進めているだけですよ。いくら若宮さんでも、これ以上は勘弁して下さい。しかし、まあ、あくまで表の世界でのことですから、手間がかかるわりには利益はさほどでもないんです。音羽組がそんなことに茶々を入れてくるとは思えませんが、ご忠告はありがたく受け取っておきますよ」

入江はそう言って礼儀正しく深々と頭を下げた。

詳細《しょうさい》は何一つ漏らしていない。白々《しらじら》しい態度に、若宮が舌打ちをする。

「おまえな、その仕事とやらも、若には内緒で進めてるのか？」

「ええ、たいした仕事じゃありませんから」

「この前、俺のところで二人処分させたのも、秘密にしてるんだろ？」

「若宮さんにお任せしたとは伝えてあります」

あくまで他人行儀《たにんぎょうぎ》な物言いを続けると、若宮は本気で怒りを感じたように眉間《みけん》に皺《しわ》をよせる。

「おまえはそうやって、これからもずっと若を庇い続ける気か？」

「なんのことです？」

「おまえのやり方は、いつまでも子離れできない母親みたいなもんだ。だがな、あの人ももう立派な大人だ。わかってるのか？」

「当然ですよ。遥さんは真田組の三代目。もうどこに出しても恥ずかしくない組長です。おかしなことを言わないで下さい」

　入江はむっとして、いちだんと冷ややかな声音で言った。

「どこに出しても恥ずかしくない組長……確かにそのとおりだ。俺もそう思う。だが、あの人はもっと大きくなれる。それなのに今の若は眠れる獅子《しし》だ。子供の頃から見ていた俺にはよくわかる。三代目としての器量も申し分ないのに、おまえが甘やかしてばかりいるから、いつまで経《た》っても眠りから覚めない。満腹して、ごろごろ喉《のど》を鳴らして居眠り中の獅子など、俺はもう見ていたくないんだがな」

　若宮の鋭い双眸《そうぼう》には苛立ちが募《つの》っていた。

　批難《ひなん》の趣旨《しゅし》はわからないでもないが、入江には到底応じることはできなかった。

「若宮さん、心配して下さるお気持ちはありがたく受け取っておきます。しかし組を離れた人に、これ以上とやかく言われるのは遠慮したいですね」

「ああ、わかったよ。これ以上口は出さねぇよ。まったく……おまえは昔からいけ好かないガキだったが、最近ますますそれに磨きがかかったようだな」

若宮は今や本気で怒っていた。

かつては真田組で実力第一といわれた男だ。その迫力は圧倒的だったが、こんなことで怯んではいられない。

「若宮さん、それ以上は」

「ああ、おまえがこのぐらいでへこむようなタマじゃないのはわかってる。何しろ、三代目の襲名にかこつけて、俺を見事に組から追い払ってみせたぐらいだからな」

「酔いましたか、若宮さん？」

あらぬことを言い始めた若宮に、入江はいちだんと凄《すご》みのある笑みを向けた。

若宮の言葉は当たっている。真田は露《つゆ》ほども知らないことだが、入江は本当に、若宮が組から出ていくように画策《かくさく》したのだ。

何故なら、若宮の力を警戒したからだ。

極道はあくまで実力本位の世界。二年前、真田はまだ二十三歳という若さだった。どんなに器量があろうと、この世界の者から見ればまだまだ駆けだしだ。当時若頭だった若宮のほうが三代目としては有力な候補《こうほ》だったのだ。

たとえ若宮にその気がないとしても、真田を脅《おびや》かす者の存在は捨て置けなかった。だからこそ入江はうまく若宮を追いだしたのだ。

先代が存命の頃から、それとなく、若頭は真田と縁《えん》を切りたがっている。真田から独立したいらしい。そんな噂を流して、若宮のほうから出て行かざるを得ない状態に追いこんだ。

先代が亡くなって杯直《さかずき》しが行われた際、若宮は、真田と五分《ごぶ》の兄弟杯を交わし、何も言わずに組から出ていった。同時に、若宮を慕う者たちが何人も真田を離れていったが、それも想定のうち。むしろ昔の作法にこだわりすぎる者たちには出ていってもらったほうが楽だった。

「あれしきの酒ぐらいで、俺が酔うはずがないだろ。それより、おまえだ、入江。さっきは母親だと言ったが、もしかしておまえ、欲求不満か？」

「なんのことです？」

入江はますます氷のように冷えた目で若宮を見据えた。

その若宮はいきなり入江の手首をつかんで、自分のほうに引きよせる。ふいを突かれた入江は、なんなく若宮に抱きすくめられた。

「若に色目を使っても抱いてもらえないから、溜まってるんだろ？　欲求不満なら、俺が代わりに相手をしてやるぞ？」

若宮は意味ありげに入江の尻を撫でまわす。

入江はいやらしい感触を懸命に堪えた。このぐらいの挑発《ちょうはつ》に乗るようでは、若宮と五分には渡り合えない。

「興味深いお誘いをありがとうございます、若宮さん。しかし残念なことに、このところやたら忙しくて、遊んでいる暇がないんです。本当に残念ですが」

上目遣《うわめづか》いで言いながら、入江は右の手のひらですうっと若宮のフロントを撫で上げた。尻を撫でられたお返しだ。

「ちっ、顔だけはきれいで申し分ないのに、かわいくねぇ奴だ」

若宮は苦り切った顔で入江の腰を抱いていた手を離す。

きびすを返して歩き始めた背中に、入江は駄目押しをするように言葉を投げつけた。

「わかっておられると思いますが、根も葉もない音羽組の噂は、うちの社長の耳には入れないでいただきたい。お願いします」

若宮は軽く手を上げて応《こた》える。

長身が廊下から消え、入江はほうっと大きく息をついた。

言われたことは間違っていない。少なくとも、入江が真田を甘やかしすぎているというのは事実だ。

それでも譲れないことがある。

真田には太陽の光が似合う。だからこそ、闇の部分は知らなくていい。

それが入江の信念であり、そのためにこそ、きたない仕事を全面的に引き受ける自分という存在があるのだ。

3

都内のホテルを貸し切ってのパーティーは盛況《せいきょう》だった。

指定組織に対する警察の目は厳しい。本来なら、こんな規模《きぼ》でのパーティーを開くなど認められないところだが、東和会はその威信《いしん》にかけ、あえて開催《かいさい》に踏み切ったのだ。

名目《めいもく》は『東和会結成七十周年記念』。

昨今《さっこん》は表立った抗争《こうそう》もなく、杯外交が主流といわれる中で、この義理事は最大のものだった。

それだけに出席者の数は膨大《ぼうだい》で、西日本連合系の組織からやってきた参加者も多かった。

入江は白のタキシード、長身の真田はシルバーの燕尾服《えんびふく》という格好でフロアに立っていた。入江も真田も襟《えり》には抜かりなく花を挿《さ》している。一見《いっけん》すれば、まるで結婚式にのぞむ花婿《はなむこ》のような姿だが、それもこの華《はな》やかなパーティー会場ではさほど奇異《きい》には映らなかった。

柱の向こうにはオーソドックスな黒の燕尾服を着た若宮の姿もあった。外人並みの体躯《たいく》と荒削《あらけず》りながら整った顔立ちの若宮には、この格好が実によく似合っている。

他にも、年のいった者は紋付《もんつき》に羽織《はお》り袴《はかま》と和風の礼装《れいそう》。連れの女性たちも色留《いろとめ》、黒留袖《くろとめそで》、振袖《ふりそで》といったものから鮮《あざ》やかなイブニングドレスまで。コンパニオン代わりに銀座あたりのホステスもかなり呼ばれているのだろう。華やかなことこの上なかった。

「まったく、こんな格好は堅苦《かたくる》しくていけないな」

「よくお似合いですよ」

真田は顔をしかめたが、入江は目を細めてその晴れ姿を眺めた。

極道として名の知れた者の集まりだ。皆、迫力満点であることは認めるが、美的にも難《なん》のつけようがない者はそういない。

極《きわ》めてバランスのいい長身だけでも見応《みごた》えがあるが、髪をすっきり整えた真田は顔立ちも男らしく端整《たんせい》で、プロのモデルも裸足《はだし》で逃げだすのではないかというほどの男ぶりだ。

この見栄《みば》えのする若者が、自分の仕えるべき主《あるじ》であることが、入江は心底誇らしかった。

しかも真田は、入江には普段どおりぞんざいな物言いだったが、他の人間、特に重要人物と思われる者を相手にした時は、見事なくらいに堂々とした態度で受け答えをしている。

時候《じこう》の挨拶に始まって、経済界の裏話、政治問題に関するまで、話題には事欠かない。この若さで、かなり専門的な話にまでついていける者はあまりいないだろう。

お陰でいつしか『真田組を継いだばかりの若造』というイメージは、『真田組の三代目は若いのにたいしたものだ』とまでに高まっていたのだ。

あとは東和会の幹部に真田の存在をそれとなくアピールできれば、今夜のパーティーは大成功ということになる。

そして入江は、その東和会の大幹部が、自分たちのほうに歩いてくるのに気づいた。

「入江か、よく来てくれたな」

「館林《たてばやし》さん、大盛況おめでとうございます」

入江は東和会の大幹部、館林に向かって丁寧に腰を折った。

隣では真田も続けて挨拶する。

「本日は、ご招待いただきありがとうございました」

「おお、そっちは真田の三代目か。久しいな」

和服の館林は口元にとろりとした笑みをたたえながら、真田の頭から爪先まで、するっと鋭い視線を走らせた。

多くの強面を震え上がらせてきた極道特有の検分だが、真田は堂々とこの剣呑《けんのん》な視線を受け止めている。

館林は真田ほどではないが、かなりの長身で骨太《ほねぶと》のがっしりした体型だった。東和会会長の懐《ふところ》刀《がたな》として長年の間、辣腕《らつわん》を振るってきた貫禄《かんろく》はさすがだが、年齢の見当がつかない。この老獪《ろうかい》さからすれば、六十近いと思われるが、肌艶《はだつや》がよく、見ようによっては四十そこそこ。不思議な男だ。

「ところで、入江。この前からおまえに頼んでいる件だが」

いきなり話を振られ、入江は緊張した。

何ヶ月か前に、表の仕事で館林を手伝ったことがある。その時手際《てぎわ》のよさを見こまれて、真田から離れ、自分のところへ来ないかと誘われていたのだ。

きっぱり断ったので、もうとっくに終わった話だと思っていたが、よりにもよって真田の前でこの件を蒸《む》し返してくるとは、やはり侮《あなど》れない男だ。

「館林さん、あの件でしたら、すでにお断りさせていただきましたが」

入江は舌打ちしそうな気分を隠し、慇懃《いんぎん》に断りを入れた。

いやな予感どおり、館林はとろりとした笑みを浮かべたままで真田に向き直る。

「真田の三代目、あんたにも筋をとおしたほうがいいな。入江はたいした切れ者だ。真田に埋もれさせておくのは惜しい。わしにくれ」

あまりにもストレートな要求に、入江は息をのんだ。しかも館林は、真田など地べたを這《は》いずる取るに足りぬ組だと、完全に見下している。いくらなんでも無礼な言い方だ。

挑発に乗り、真田が怒ってしまわないかと、入江は気が気ではなかった。

しかし真田は意外にもにこやかな笑みを浮かべる。

「館林さん、うちの入江をそこまで買っていただき、光栄です」

「では、わしにくれるんだな？」

「はい、入江が行きたいと言うなら、喜んで送り出します」

即答《そくとう》した真田に、入江は内心でどきりとなった。

「なんだ、その中途半端《はんぱ》な言いぐさは？」

館林は気分を害したようにドスの利いた声を出す。眼光《がんこう》もいちだんと鋭くなって、入江は背筋に冷や汗が伝いそうだった。

「すみません、言葉が足りなかったでしょうか？　しかし、わたしは正直な気持ちを申し上げたまでです。うちはこのパーティーに出席しておられるどの方々から見ても弱小団体。東和会で直接面倒《めんどう》を見ていただけるなら、入江にとっては願ってもない出世です。入江がお世話になりたいと望むなら、喜んで、まぁ本音を明かせば非常に惜しいとは思いますが、そこは涙をのんで送り出そうかと」

真田のこれは、あくまで本音だ。しかし、真田の性格を知らない者にとっては、とぼけた言いぐさだと取られかねない。

事実、館林は不快そうに鼻を鳴らした。

「おまえ、その言い方はよほど自信があるのか？　入江は絶対に断るはずだと？」

鋭い突っこみに、真田は驚いたように目を見開いた。

「まさか、そんなことはありません」

本気だとありありわかる声だが、館林はさらに憮然となる。

「仮にもおまえは三代目だろう？　自分のところの人間の進退《しんたい》ぐらい命令できんのか？」

「はあ、今まで一度もそういった命令はしたことがなく……」

真田は申し訳なさそうに頭を下げる。

入江はほっとすると同時に、寂しい思いにも駆られた。

だが館林はまたしても予想を裏切る行動に出る。

「それなら、入江を直接口説《くど》くしかないって話だな。しばらくこいつを借りるぞ。ついてこい、入江」

そう命じられては逆らいようがなかった。

入江は真田を一人にすることに不安を覚えたが、目で合図をしただけで大人しく館林に従った。

会場から出てエレベーターで上階へ上がる。

案内に立っているのは館林のボディガードが五名。黒スーツに身を固めた男たちにはまったく隙《すき》がない。大物だけあって物々《ものもの》しい警戒ぶりだ。

到着したのはスイートで、館林はボディガードに席を外すよう命じている。

さっさとベッドルームに入っていった館林に、入江はいやな予感に襲《おそ》われた。まさか、とは思うが、身体の関係を強要されたら、断るのは至難《しなん》の業《わざ》だ。

「こっちにこい、入江」

「はい」

内心では焦《あせ》りを覚えつつも素直に応じると、館林は巨大なベッドでごろりと横になる。

ますますもって、いやな感じだ。

「腰がだるくなった。少し揉《も》んでくれ」

おかかえのマッサージ師をお呼びになればいいでしょう。

そう言いたくなるのを堪え、入江は今度も大人しく命令に従った。

館林はうつ伏《ぶ》せになっている。入江はベッドに乗り上げるような格好で、腰を指圧《しあつ》した。真田の先代もよく腰が痛いとこぼしていた。そのたびに押していたので手慣れたものだ。

「う、ん……おまえ、なかなか筋がいい。気持ちいいぞ」

凝《こ》りをほぐしていくと、館林が満足そうな声を上げる。

入江に背中をさらす、極めて無防備《むぼうび》な体勢だ。今なら入江でも腕一本で館林に打撃《だげき》を与えることが可能だ。

完全に警戒を解いているのは剛胆《ごうたん》さゆえか、よほど甘く見られているせいか、判断がつかない。

そして、館林の本音がどこにあるかわからない以上、入江のほうは緊張を解くわけにはいかなかった。

こんなわざとらしい真似をするのは、せっかくの誘いを断った入江に対する報復《ほうふく》か。それとも真田に対する嫌がらせで、入江を組み敷《し》く気か。

どうすればいいだろう?

面と向かって逆らうのは、どう考えても得策《とくさく》じゃない。しかし唯々諾々《いいだくだく》と言いなりになる気もない。

「入江、何をそう身構えている？　おまえが抱いてくれと言っても、今日はくたびれているから駄目だぞ」

「た、館林さん！」

心を読まれたように感じ、入江は柄《がら》にもなくうろたえた。

顔がいっぺんに赤くなったが、幸《さいわ》いなことに館林はうつ伏せになっている。

「真田の先代は肝《きも》の据わったいい男だった。しかし、どうやら当代の器量はそれを上まわっているようだな」

「え？」

あまりにも意外な言葉に、とっさには反応できなかった。

先程の対応を叱責《しっせき》されるものとばかり思いこんでいたのに、館林は真田を高く評価してくれたのだ。

「だが、あれはまだ眠っているな。寝た子を起こさないようにし向けているのはおまえか？」

淡々と続ける館林に、今度は顔が蒼白《そうはく》になった。

館林が真田と顔を合わせたのはごく僅かな回数だ。一番長く話したのが今日ぐらいで。もしかしたら、若宮が何か耳に入れたのだろうか。

揺れる思いそのままに、指先に力が入る。

「おい、痛いぞ」

「あ、すみません」

入江は急いで心の乱れを抑えた。

指圧に集中すると、館林がまた気持ちよさそうな声を出す。

「うん、いいぞ……ところで、おまえ、あれに惚れてるのか?」

「はい」

入江はなんのてらいもなく答えた。

対象は真田のことだ。男が男に惚れる。ヤクザの世界ではそれが当たり前。館林は鎌《かま》を掛けたのかもしれないが、含みを持たせる必要はない。

「まったく、そう臆面《おくめん》もなく言われると、馬鹿《ばか》らしくなるな。おまえ、あれに抱かれてるのか?」

「……いいえ」

入江は一瞬息をのんだが、今度は立ち直りも早くなんとか冷静な声が出た。

見てくれが女のようだから誤解を生むのだろうが、真田との間に恋愛感情は存在しない。事実、身体の関係などないのだから、泡を食って弁解すればよけいにおかしなことになる。

「ま、そういうことなら、あの話、真面目《まじめ》にもう一回考えておけ」

「承知、しました」

「このところ徹夜《てつや》が続いてな……おまえのお陰で一眠りできそうだ」

館林は枕に顔を伏せたままで、あくび混じりの声を出す。

あれだけの規模のパーティーなのだ。準備にかかりきりで大変だったのだろう。東和会を継ぐのは若手ナンバー1といわれる若頭が有力候補となっている。館林の立場は目付役《めつけやく》といったところだ。こうやってパーティーを抜けだしているのも、何か考えがあってのことかもしれない。

いずれにしても、そろそろ解放してもらえそうだと、入江はほっと息をついた。

「眠ってる獅子を急に起こすとな……牙《きば》を剥くぞ」

「……？」

くぐもっている声はよく聞こえなかった。

館林は、うーんと呻いて仰向けになる。

「もう行っていいぞ」

「はい」

「それからな……音羽には気をつけろ」

入江の頭はすうっと冷えた。

音羽に関する忠告を受けたのはこれで二度目だ。となれば、早急に詳細を調べる必要がある。

だが、もう少し具体的な情報を貰おうと思った時には、館林はすでに軽く寝息を立てていた。

入江はそっとベッドから身を退いて、横たわる東和会の大幹部に一礼した。

あとは自分でやるしかない。

音羽が動くというなら、その前にすべての片をつけてしまえばいいだけだ。

会場に戻ると、すぐに真田が心配そうに近づいてきた。

パーティーはたけなわだった。ステージではタレントを呼んでのイベントが始まっている。

真田が合図したので、入江は中には入らず、テラスのほうへと進んだ。

会場内には熱気が渦巻《うずま》いていたが、外はかなり冷えこんできている。ライトアップされた庭をのぞむテラスには誰もいなかった。

都会のど真ん中ではもとより星など見えるはずもないが、雲が低く垂れこめて、そのうち雪でも舞い落ちてきそうだ。

「大丈夫だったか、入江？　館林さんに何かされなかったか？」

「はい、部屋に呼ばれて」

「なんだと？」

いきなり怒気《どき》をあらわにした真田に、入江は笑みを向けた。

「落ち着いて下さい。別に何をされたわけでもありませんから」

「隠し事をするな、入江。なんかあったんだろ？　襟の花が……」

「え？　花？」

真田が襟に指を伸ばしてくる。

何事かと思えば、先程まで襟に挿していた淡《あわ》いピンク色の薔薇が、花びら一枚を残しただけでなくなっていた。

真田は、飾《かざ》りが取れてしまうようなことをされたのではないかと心配しているのだ。

入江は館林とのやり取りを思いだして、くすりと忍び笑いを漏らした。あのタヌキオヤジの腰を揉まされている時に、花を落としてしまったのだろう。

「心配しすぎですよ。館林さんはお疲れらしく、俺と話したあと、一眠りするとおっしゃってました」

別に含みを持たせたわけでもないのに、真田はますます憮然となった。

普段、好青年でいる時は甘みの残る顔が、目つきを鋭くした今はきりりと引きしまって、数段男らしさを増している。

入江は惚れ惚れとシルバーの燕尾服を着た真田の姿を眺めた。

若宮だけではなく、東和会の重鎮《じゅうちん》館林までが、真田を『眠れる獅子』だと表現した。

入江も本当にそうだと思う。

まだ二十五の若さだ。それゆえ貫禄にはやや欠けるものの、時折かいま見える真田の風格《ふうかく》は、すでに王者のそれだ。

太陽の光が燦々と降り注ぐ草原で、すべての生き物の上に君臨《くんりん》する百獣《ひゃくじゅう》の王……。

「入江……？　どうした？」

「いえ、なんでもありません」

夢見心地になっていた入江は瞬時に我に返って首を振った。

真田はまだ眉をひそめ、心配そうに覗きこんでいる。

「あんたのことだ。相手が東和会の大幹部でも、臆《おく》することなんかないんだろうが、頼むから自分の身は大事にしてくれ」

「遥さんが心配するようなことは何もありませんよ」

それは本当のことだったが、館林とのやり取りをあまり詳しくも言えないので、入江は自然と視線をそらした。

しかし、その何気ない仕草がよけいに真田の怒りを誘う。

容赦のない力で両肩をつかまれて、入江は無理やり正面を向かされた。

「入江！　俺は本気で言ってるんだ。あんたの帰りがあと五分でも遅かったら、館林のところに乗りこむつもりだった」

入江はぎょっとなった。

そんなことをされては、組の心証《しんしょう》が悪くなるどころではない。真田自身の身にもなんらかの制裁を加えられたかもしれないのだ。東和会とは、それほどかけ離れた高い位置にある存在だった。

「冗談ではありません！　寿命《じゅみょう》が縮《ちぢ》むようなことを言わないで下さい」

入江は大きく息を吐きつつ真田を責めた。

だが責められた真田のほうはまだ怒りを解かず、入江の肩をわしづかんだままだ。

「東和会だろうが、なんだろうが、関係ねぇんだよ！」

澄んだ瞳に熱がこもり、近すぎる距離に再び息が止まる。

目の前にいるのは好青年の真田ではなかった。まるで人が変わったかのように、全身に危険な空気をまといつかせている。

圧倒された入江は、なすすべもなく彫《ほ》りの深い整った顔を見上げた。

こうなると、この男は到底自分の手には負えない。自分には宥める力などないのだ。

子供の頃の真田はずいぶん身体が小さかった。それでも抜群《ばつぐん》の運動能力があり、何か目標を定めると、それに向かっていく気迫も並大抵ではなかった。極道となるために、入江も一通りの武術を修《おさ》めたが、どれ一つとして年下の真田には敵《かな》わなかったほどだ。

しかし緊張はそう長く続かず、真田は唐突に入江の肩から手を離す。

「あんたが館林に連れていかれて、俺はつくづく自分の力のなさを思い知らされた」

真田はそう言って、自嘲気味《じちょうぎみ》にため息をつく。

「遥さん、そんなことは……」

「俺は真田の三代目。会場で挨拶を交わした連中は、皆、それなりに俺を立ててくれた。あんたを館林に取られても、指をくわえてなくちゃいけないってのに、おかしなもんだ。俺は、なんで館林があんたに目をつけたのかも知らなかったんだぞ」

悲しげな真田に、入江は慌てて説明を始めた。

「表の仕事でちょっと。ベンチャー企業への投資《とうし》を勧めただけです。将来的にはかなりの利益が見こめそうだったのですが、投資額が半端じゃないうえ、回収にも時間がかかりそうだったので、真田の仕事とするにはちょっときつかったんです。それで館林さんのところに話を持ってって」

しかし真田はまだ疑いの残る顔つきで腕組みをする。

普段、不動産や株の売買といった表の仕事は一緒にやっていた。真田は一見のほほんとしているようだが、実のところ企業の経営者としても抜群のセンスを持っている。だから入江が隠密理《おんみつり》に処理するのは、同業者が絡む場合のみだ。

「初耳だな」

「すみません。真田とは関係のないビジネスだったので」

かなり苦し紛《まぎ》れの言い訳だったが、真田はそれ以上の追及はしてこなかった。

「入江、これからはなんでも俺に言ってくれ。それと、頼むから無茶だけはするな。危ない真似だけは絶対にしてくれるな。俺が言いたいのはそれだけだ」

「わかりました」

入江は自然と頭を下げていた。

越権行為《えっけんこうい》を叱責するでもなく、真田は純粋に入江を心配しているだけだ。

これもまた、この青年の懐の深さなのだろう。

何もかも包みこんでしまうような優しさ。真田の本質は子供の頃から少しも変わらない。

それなら、やはり自分のなすべきことも一つしかなかった。

4

東和会のパーティーがあった翌日から、入江は一人で奔走《ほんそう》し始めた。なんでも言え、との真田の命令には早速逆らうことになる。それでも入江は固く決意を固めていたのだ。

音羽がねらっているのは、一年ほど前から入江が一人で取りかかり、ようやく目処《めど》をつけた案件だろう。

ここ数年不況が続いて、公共事業の取りやめが相次いでいる。公的機関が関わる工事には美味《おい》しい利権が転がっているというのが昔からの相場だ。そして工事が中止されたあとも、その後始末で甘い汁がたっぷり吸える余地があるのだ。

入江がねらっているのは、工事の中止に伴う補償金《ほしょうきん》だった。工事を請け負う業者は数多い。それを自分のところで一本にまとめて交渉《こうしょう》しようと申し出ている。規模の小さな業者と一件一件話し合いを重ねていくのは役所にとっても負担が大きい。だから役所側にとっても旨味《うまみ》のある話だ。

入江は体力のない業者には先に金を渡せるように、会社ごとその権利を買い取った。比較的規模の大きな会社の場合は、交渉の権利のみを譲るように話をつけて、窓口を一本に絞ったのだ。

また一方では事業主のほうにも色々な働きかけをしている。

公共事業には官僚《かんりょう》が関わり、その官僚のバックには議員が控えている。何事も鼻薬《はなぐすり》の効かせ方で変わるのが世の中の常識である。賄賂《わいろ》を渡して味方につける、というのが一番単純なやり方だ。

しかし、金銭を受け渡した事実があると、ばれた時に大騒《おおさわ》ぎは避けられない。そこで入江は取りこむつもりの人間に、株の売買に非常に有効となる情報を流してやったのだ。入江が買い与えるわけではない。本人が自分の資金で行う取引で儲けるのだから、どこにも文句のつけようはないはずだった。情報そのものに関しては立派にインサイダー取引の範疇《はんちゅう》だが、間に善意《ぜんい》の第三者を何人も介在《かいざい》させ、取引自体も小口に分けるなどして、絶対にばれないように考えてある。今まで接触した中には、入江を神のように思う者さえいるほどだ。

これであとは補償金が決定されるのを待つだけ。そして補償金が下りたとなれば、今度はその金をまた別のものに投資させる予定だ。

これだけの手間暇をかけたのに、いざという時になって、いきなり現れた第三者に邪魔されてはかなわない。

今回の件では、まだ一度も真田の名前を出していない。ヤクザ絡みといわれるリスクを避けるためだ。できれば最後までその方針《ほうしん》は貫《つらぬ》きたい。それには、音羽がちょっかいをかけてくる前に、話を取りまとめてしまうのが一番だった。

音羽の動きについては、組とは関係のない情報屋に頼んで調べさせている。身内に妙な勘ぐりをされてもやりにくいので、入江が真田の舎弟に命じたのは、シマでおかしな動きがないか、普段よりも警戒を強めろという一点のみだった。

そして二週間ほどが経った。

その日、入江は最後の詰めに向けて、問題の工事現場で二、三、人に会ってきた。牽制《けんせい》のつもりだったが、幸い、音羽の動きはまださほど強引でもない。関係者には何かあったら、すぐに連絡しろとだけ言い置いて、真田の事務所に戻った。

屋敷とは別に構えている事務所は、町中にあるごく普通の七階建てのビルだ。地下と一階、二階には系列の飲食店も入れてあった。他にもれっきとした堅気の会社も持っているが、組としての立場上まったく別の場所に置き、万が一に備えて経営のほうも切り離している。

このビルの最上階が真田の部屋だ。

入江が顔を出すと、真田は一人でパソコンに向かっているところだった。

「入江、帰ってきたのか？　現地はどうだった？」

「たいした物件じゃありませんでした。留守中、何か変わったことは？」

入江はそう返しながら、真田のデスクに近づいた。地方の不動産物件を下見に行ったことにしてあったのだ。

「今日は特にないな。株価のほうもそう大きな変化はなかったし」

真田はデスクの上のモニターに目をやって、ファイルを終了させている。

モノトーンで統一した部屋はせいぜい二十畳《じょう》ほど。機能重視で飾り気はあまりない。デスクの他にあっさりした黒のキャビネット、それとミーティングで使うテーブルと何脚《なんきゃく》かの椅子。これもイタリア製の秀逸《しゅういつ》なデザインだが、色はグレー系と派手さはない。あとは観葉《かんよう》植物の鉢《はち》が何箇《なんか》所《しょ》かに置かれているだけだ。

真田はピンストライプの入ったダークグレーのスーツに、薄いベージュのシャツとシルバーがかったネクタイを合わせていた。堅すぎず、かと言って、カジュアルすぎるということもなく、若き実業家に似合ったセンスのいい装《よそお》いだ。

「では、慌ただしいですが、俺はこれからシマの見まわりに出ますので」

入江はそのまま出て行こうとしたが、背後から呼び止められた。

「今日は俺も一緒に行くぞ」

「そうですか。社長に顔を出してもらえれば、みんな喜びますよ。俺は下で車を用意させておきます」

振り返った入江は笑みを浮かべながらそう答えた。

シマと言っても、昔のようにきっちりとした境界線が引かれているわけではない。大きな繁華《はんか》街《がい》では、いくつもの組が縄張《なわば》りを共有する形だ。そこには系列の違った組も混じっている。

シマの見まわりとあって、ここばかりはヤクザらしく黒塗りのベンツで出かける。運転手は隼人、他にも腕の立つ舎弟が二人ガードについていた。

真田とともにクラブに顔を出すと、目ざとい女たちが大勢群がってくる。

「いらっしゃいませ、社長！　お久しぶりです。お待ちしてました！」

「今日は若頭とご一緒ですか？　お二人とも相変わらず惚れ惚れするほどいい男で、そうやって並ばれると眩《まぶ》しいくらいですね」

真田も入江もあっと言う間に腕を取られ、奥の広いボックス席へと連れ去られる。一緒に席に着いたホステスは十人以上になった。

「若頭は水割り？」

「いや、俺はお茶でいい」

テーブルには高級ブランデーのボトルやらシャンパンのボトルやらが並べられたが、入江はそっけなく酒類を口にするのを断った。

「まあ、相変わらずお堅いこと……それに若頭ときたら、わたしたちがいくら束《たば》になっても敵わないほど完璧な美貌だし」

「ほんと、この神々《こうごう》しいまでに美しい顔を、なんとか乱れさせてみたいものだけど、最初から相手にもしてもらえないんだから悔しいわ」

入江のまわりでは次々にそんなため息混じりの声が上がる。

店の女たちの容姿は群を抜いており、この手のクラブとしてはかなりの質の高さを誇っていた。

二十歳そこその若い女は、際《きわ》どく胸のくくれたドレスで健康的な色気をアピールし、もう少し年上の女たちにしても、上品な和服で控えた色香を漂わせている。

入江とて別に朴念仁《ぼくねんじん》ではないが、単に女たちを相手に遊んでいる暇がないだけだ。

「入江が乱れたところなら、俺もぜひ見てみたいぞ」

ブランデーグラスを手にした真田の言葉に、女たちからいっせいに歓声《かんせい》が上がる。

「もう、社長ったら、そんな言い方すると、若頭に気があるんじゃないかって誤解されますよ」

「社長と若頭の組み合わせって、ビジュアル的に言ってもシャレにならないんですからね」

女たちに諌《いさ》められた真田はにやりと笑ってみせた。

「俺はけっこうマジだぞ」

「やだ、社長！　駄目、駄目ですよ」

「まあな……これに手を出すのは命懸《が》けかもな」

「ええっ、若頭ってそんなに強いんですか？　あのきれいな顔で？　嘘みたい」

真田と女たちは、すっかり入江を肴《さかな》にして、くだらないことを言い合っている。

入江もまた彼らに調子を合わせながら、その店で三十分ほどを過ごした。

「社長、そろそろ次の店へ」

「ああ、わかった」

真田はそう答えたものの、クラブの出口でまだ女たちに引っかかっている。

三代目という肩書きを抜きにしても、真田は皆に絶大に好かれているのだ。

それも真田の持つ優しさが原因だろう。皆が渋々《しぶしぶ》店内に引き揚げたあと、まだ真田に何事か真剣に訴えかけている者までいた。

「先に行きますよ」

話が長くなりそうだと、入江は短く声をかけて通りを歩きだした。次に立ちよる予定の店は、ほんの五件ほど先にあり、車で一緒だった舎弟が先行している。運転手の隼人は駐車場にベンツを停め、万が一に備えているはずだ。

その時、突然首筋にぴりりとした緊張が走った。

入江はとっさにまわりの状況に目をやった。

通りを歩いているのは酒に酔った客。それを店に引っ張ろうとしている黒服。バーから客の見送りに出てきたホステス……いつもどおりだ。怪しげな者はいない。

しかし、確かに何か感じる。入江は直感に従って横に目をやった。

次の瞬間、路地の奥から影が動きだす。黒いジャンパーを着た男は懐に手をやって歩きだした。

こいつだ！　間違いない！

入江はすかさず防御《ぼうぎょ》の姿勢を取った。と同時に男の足が速くなる。

男が路地から飛びだした刹那、入江の視界でもう一つの影が動いた。真田だ。いち早く異変に気づきこちらに走ってくる。

ナイフを突きだした男の勢いは凄《すさ》まじかった。第一撃は身体をひねってとっさに避《よ》けた。ナイフの先がスーツの脇腹《わきばら》を掠め、どっと冷や汗が噴《ふ》きだす。次の瞬間には顔をねらわれた。上半身を泳がせて男の利き腕に手を伸ばす。が、僅かのところでつかみ損《そこ》ねた。

戦闘力《せんとうりょく》は男のほうが上。攻撃を避けるのが精一杯《せいいっぱい》だ。

「入江！」

背後の叫びに男が反応する。かすかに男の視線が揺らぎ、真田と見てにやりと口角《こうかく》が上がる。

その間、〇．一秒にも満たない。しかも入江は、路地にもう一人敵がいるのを確認した。

真田が今にもこっちに来るのに！

駄目だ！　駄目だ、駄目だ、駄目だっ！

両手でしゃにむに男の腰に飛びつく。防御はいっさい頭になかった。突進した勢いで男もろとも道路に転がる。

「来るな！　もう一人いる！　来るな――っ！」

叫んだ瞬間、左の肩に鋭い痛みが走った。

「ンの野郎っ！　死ねっ！」

「ぐっ！」

肩の肉を抉《えぐ》ってナイフが抜ける。僅かに遅れて鮮血《せんけつ》が飛び散《ち》った。

次の攻撃が首にくればおしまいだ。頸動脈《けいどうみゃく》を断たれれば命がない。それでも正面からかかえこんだ男を離さなかった。

来るな！　もう一人いるんだ！　逃げろっ！

叫んだつもりが声にならない。渇《かわ》いた口から荒い呼吸音が漏れるだけだ。

暴れた男のナイフが今度は背中に突き刺さった。激しい痛みで目の前が真っ赤になる。手から力が抜け、もういくらもこの男を押さえていられない。

だが鋭い切っ先が肉を抉ることはなかった。

「ぐわっ！」

悲鳴を上げたのはナイフを持った男のほうだ。そして男の身体が容赦ない力で入江からもぎ離される。

ものすごい形相で立ち尽くしていたのは真田だった。入江を襲った男はナイフを取り落とし、右腕と腹を両方かかえて呻いている。

「あ、危ない！　後ろにっ！」

入江は必死で叫んだ。懸命に起き上がろうとすると、その前に真田がざっと飛びついてくる。

「入江！」

大きな身体が覆《おお》い被《かぶ》さり、もがくことすらできない勢いで抱きすくめられた。

「や、やめろっ！　危ないっ！　もう一人いるんだ！」

「うるさい！　黙ってろ！」

有無《うむ》を言わせぬ大喝《だいかつ》だった。

入江は生きた心地もなく目を見開いた。庇ったつもりが完全に逆になっている。道路に倒れた身体は頭からすっぽりと真田のそれに覆われていた。

もし、もし陰から銃《じゅう》でねらわれれば、真田に当たる！

恐怖は頂点に達した。

「社長！」

「若頭！」

「てめ、この野郎！　どこのもんだ？」

「くそっ、もう一人は逃げやがった！」

真田組の舎弟たちの野太い声が連続して聞こえ、入江は初めて大きく息をついた。

隼人たちが騒ぎに気づいて駆けつけてきたのだ。

真田がようやく身を起こし、重みから解放される。入江は焦って様子を確認したが、動きにはどこにも異常がない。真田は無事だったのだ。

「よかった……怪我《けが》がなくて」

笑みを浮かべて言ったとたんだった。

「馬鹿野郎！」

恐ろしい声で怒鳴られる。

真田は今まで一度も見たこともないほど険《けわ》しい顔つきをしていた。だがにらみつけられたのは一瞬で、真田はすぐに背後を振り返る。

「救急車だ。急げ！」

「はい！」

真田の命令で、舎弟がすぐに駆けだしていこうとする。入江は慌ててそれを制止した。

「ま、待て！　俺なら大丈夫だ。救急車なんか呼ぶな！」

救急車などで運ばれては警察沙汰になる。ヤクザ同士の抗争だと認定されれば、長である真田が責任を問われるのだ。

「何が大丈夫だ？　こんな、こんな血だらけになって！」

真田が怒り心頭に発したように唸《うな》り声を上げる。

入江は必死に真田の腕に縋りついた。

「絶対に駄目です、救急車は！」

「黙れ、入江。何言ってる？　早くしないと手遅れになる！」

「大丈夫です、落ち着いて、遥さん……隼人に言って、柚木《ゆずき》先生のところへ」

入江はスーツの袖を握《にぎ》りしめながら、宥めるような口調で懇願《こんがん》した。

「くそっ」

真田は大きく悪態をつく。ふわりと身体を抱き上げられたのは、そのすぐあとだった。

見れば、なんの事件かと通行人が集まり始めている。もう一分でも遅かったら、完全に警察に通報されていたところだ。

横抱きで運ばれるなど羞恥《しゅうち》の極みだが、へたに騒ぐとよけいに真田を刺激しそうだ。

入江は痛みより、むしろ恥ずかしさを堪えながら、黙って運ばれるままになった。


ヤクザ絡みの怪我でも、闇で治療《ちりょう》してくれる医者はいる。

入江は雑然《ざつぜん》とした小さな診療室《しんりょうしつ》で、怪我の手当てを受けた。

おそらく入江と同じ年頃だろう。まだ若い眼鏡《めがね》をかけた医者は柚木といい、手際よく二カ所あった傷口を塞《ふさ》いだ。

今頃になってずきずきとひどい痛みに襲われる。

真田は治療の間、ずっと噛みつきそうな勢いで、整った顔立ちの医者をにらみつけていた。

「抗生物質《こうせいぶっしつ》と鎮痛消炎剤《ちんつうしょうえんざい》を処方しておきます。あとで熱が出るでしょうから、しばらくの間は安静《あんせい》を保って下さい」

夜のことで看護師《かんごし》はいない。柚木は自ら薬を用意して白い紙袋に入れてよこす。

「先生、ほんとに大丈夫なんだろうな？　あとでおかしなことになったりしないだろうな？」

入江の代わりに薬を受け取った真田は、疑り深そうに吐きだした。

相手は仮にも専門家だ。それなのに実に失礼な台詞《せりふ》だ。

白衣の柚木はこんな脅しにも慣れているのだろう。表情一つ変えず、眼鏡の奥の眼差しには揺らぎも見えなかった。

真田が珍しく無礼な態度なのも、自分が怪我などしたせいだ。

「遥さん、先生に向かってなんてことを言うんです。少なくとも、時間外なのに手当てして下さったんだから、あなたからもきちんと御礼を言って下さい」

入江は厳然《げんぜん》と申し渡した。

真田は何か言いたげにじろりとにらんできたが、結局は柚木に向き直って頭を下げる。

「すみません、先生。これが怪我をしたせいで、つい……。このとおり謝ります。先生には本当に感謝してますから」

「いや、別に、そう改まられるほどのことでは……」

いきなり態度を変えられて、柚木は少々とまどったように言う。

「ところで先生、こいつはストレスに弱いんです。胃薬も一緒に出してもらえませんか？」

「胃薬？　軽いものなら一緒に処方してありますが、何か普段から自覚症状が？」

医者らしく問い返されて、入江は慌てて手を振った。

「なんでもないんです。この人がよけいな心配をしているだけで。失礼します。ありがとうございました。さあ、遥さん、帰りますよ」

実は真田が心配したとおり、先程から胃がむかむかしていた。だが原因は明らかなのだ。それを真田には聞かれたくなかった。

真田は不満げな顔つきだったが、すぐに入江の腰を支えてくる。少しでも足取りを乱せば、ここに来た時と同じく入江を横抱きにしそうな勢いだった。

診療室をあとにしながら、入江は忙《せわ》しく頭を働かせた。

襲ってきたのはおそらく音羽組の息がかかった者だろう。ナイフ男は舎弟たちが取り押さえて、先に屋敷のほうへ連れていっているはずだ。

これだけの騒ぎが起きてしまっては、今さら何事もなかった振りはできない。

どこまで真田に明かすか……。

そしてどうやったら、真田をこの件から遠ざけておけるか。

いきなり鉄砲玉《てっぽうだま》をよこしたのだ。失敗したとなれば、必ず次が来る。真田がこの件に介入すれば、今度ねらわれるのは、真田本人となるかもしれないのだ。

なんとしても、真田をこの一件に関わらせるわけにはいかない。

屋敷に戻る途中、入江の頭を占《し》めていたのは、そのことだけだった。

「入江、あんたは薬を飲んで早く寝ろ」

屋敷に着いたと同時に真田から低い声で命じられる。普段とはまったく違って凍てついた表情に、入江は不安を覚えた。

その真田がふいに背後を振り返り、舎弟の一人に命じる。

「主立《おもだ》った幹部に今すぐ招集《しょうしゅう》をかけろ」

「はい、社長。ただちに！」

入江はどきりと心臓を鳴らせた。

「社長！　待って下さい。もう夜も更けている。こんな時間に呼びだしをかけても」

「部屋で寝てろと言ったはずだ。怪我人の出る幕《まく》じゃない！」

すかさず叱り飛ばされて、入江は息をのんだ。

真田がこんな横柄《おうへい》な物言いをするのは初めてだった。診療所でも感じたが、真田は怒りに駆られているのだ。

もう、どうやって言いくるめるか。そんなことを考えている段階は過ぎていた。

呆然《ぼうぜん》としていると、真田が唐突に手を伸ばしてくる。

怪我のない右肩に手を置かれて抱きよせられた。

「あとは俺がやる。あんたは大人しくしててくれ。歩けないなら抱いていってやるぞ」

手つきは極めて慎重で優しいものの、真田は渦巻く怒りをどこへぶつけるか、自分でも持てあましている感じだ。

入江にしてもまだこの事態をどう収拾《しゅうしゅう》すればいいか、何も考えが浮かばない。音羽の者をどう締め上げるか。それも早急に対処しなければならないのに。

とにかく、少しの間、一人で考えをまとめる時間があったほうがいい。

「社長、俺は一人で大丈夫です」

「いや、あんたがベッドに入るまで、ちゃんと見届ける」

これまでの剣幕《けんまく》からすると、今は逆らわないほうが無難だ。そう思った入江は真田に支えられながら奥の自室に戻った。

ベッドに横になるように言われ、それにも従う。真田はすぐに水を満たしたグラスを用意して、薬とともに差しだす。

先程から吐き気が続いており、すぐに薬を飲むのは避けたかった。しかし入江は素直に何種類かの錠剤《じょうざい》を飲み下した。そのあと真田に手伝ってもらって汚れた服を脱ぎ、ゆったりとしたガウンに袖をとおして再びベッドに身を横たえる。

「本当に大丈夫か?」

「はい、痛みも治まってきました」

入江は気丈に微笑んだが、気持ちの悪さは治まっていなかった。あれぐらいで影響を受ける柔《やわ》な自分が腹立たしいが、額に汗が浮かび、悪寒《おかん》もし始めている。

真田はますます眉間に皺をよせ、それからふっと思いついたようにベッドから離れた。バスルームから水音がして、待つほどもなく濡れたタオルを手にした真田が戻ってくる。

「あんまり心配させるな……俺のほうが死ぬかと思ったぞ」

ぽつりと放たれた言葉に、入江は胸が締めつけられたように苦しくなった。

音羽の件についての忠告は聞いていたのにこの不手際だ。己の不甲斐《ふがい》なさが腹立たしくてならない。何よりも、この優しい人を死ぬほど心配させた罪は許されないと思う。

「すみません……」

入江は絞りだすように言って、奥歯を噛みしめた。

冷たいタオルで丁寧に汗を拭《ぬぐ》われる。ひんやりした感触が気持ちよかった。思わず目を閉じると、熱を確かめるように額に手のひらを置かれる。

真田に触れられただけで何故か安心した。

考えなければならないことがたくさんあるのに、今はこの優しい感触だけに酔っていたい気がする。迫り上がっていた不快感も何故か治まって、すうっと睡魔《すいま》に襲われる。

診療所での注射《ちゅうしゃ》が効いたのか、入江はそのまま眠りの世界へと誘われていた。

暗闇の中でふいに意識が戻り、入江は目を見開いた。

肩と背中に引きつれたような違和感がある。それで自分の身に起きたことを思いだした。

入江はゆっくりベッドから起き上がった。

動くとずきりとした痛みが走る。しかし柚木の適切な処置がよかったのか、我慢できないほどではなかった。

サイドテーブルの上に置いた時計を見ると、一時をまわっている。診療所から帰りついたのがちょうど日付の変わる頃だったので、一時間ほど寝入っていたらしい。

入江はそろそろとベッドから立ち、クローゼットに向かった。ガウンを脱いでズボンを穿《は》くが、シャツもジャケットも包帯《ほうたい》の巻かれた左側は袖をとおせなかった。

だらしない姿でみっともないが、そろそろ幹部が集まる頃だ。様子を見にいかないと、大変なことになる。

廊下は冷え切っており、寒気がしたが、入江はかまわず座敷へと急いだ。

家族用の居住区から表部分に出ると、煌々《こうこう》とした灯《とも》りが点されている。若い舎弟たちが慌ただしく出入りしているところを見ると、すでに幹部が顔を揃えたのだろう。

「あ、若頭！　お怪我のほうは？」

「大丈夫ですか？」

すれ違った舎弟たちが心配そうに声をかけてくる。入江は彼らを安心させるように頷いただけで、座敷の近くまで歩いた。

そして閉ざされた障子戸《しょうじど》に手をかけた時だった。

「なんだと？　もう一遍《いっぺん》言ってみろ！　それは本当のことか？」

突然、真田の怒声《どせい》が響き渡り、入江は息をのんだ。

さっと顔が青ざめる。情けないことに足もすくんだ。

それほど真田の声には怒りが満ちていたのだ。

舎弟の一人が何か答えていたが、内容までは聞き取れない。かすかに眉をひそめた瞬間、再び真田が恐ろしい怒鳴り声を上げる。

「なんだと？　入江が一人でやってただと？　俺に黙ってろと、あいつが命令したのか？　てめぇら、みんなして俺を裏切っていたのか？」

座敷内の話し合いはすでに最悪の事態となっていた。入江は我慢できずに、すたんと障子戸を開けた。

「待って下さい！　全部、俺の責任でしたことです」

そう声をかけて座敷に乗りこんだ。

義理事などに使う座敷は畳《たたみ》六十畳という広さだ。黒スーツを着た幹部は十人ほど。二列になって正座している。真田はその正面で木刀《ぼくとう》を手にして立っていた。

全身から怒りのオーラが立ち上っているようだった。

日頃は滅多に弱みを見せない舎弟たちが、その真田の前で震え上がっている。

入江もざっと髪が逆立つような恐れを感じた。しかし、怯んでいる場合ではない。ごくりと一つ生唾《なまつば》をのみこんで、入江は前へと進んだ。

「何しに来た？」

さほど大きな声でもないのに身がすくむ。射抜くように見据えられ、入江はその場から一歩も動けなくなった。

「今までずいぶん俺を騙《だま》していたようだな、入江。おまえが俺を裏切っていたとは、まったく気づかなかった。だてに長いつき合いじゃないってことか、手のこんだ真似をする。入江……音羽にねらわれてること、何故、教えなかった？」

「そ、それは……」

真田は木刀を片手に持ち替えて、ゆっくり入江のほうに歩いてきた。まわりで座りこんでいる者たちは固唾《かたず》をのんで様子を見守っている。

「一人で何もかも片づけるつもりだったらしいが、そんな怪我まで負うとは、いいざまだ」

ほんの少し前まで、あれほど入江の怪我を気遣っていた男が、今は別人のように冷えた眼差しで見つめてくる。

そこには一片の優しさもなかった。

入江は唇を噛みしめて、刃《やいば》のような視線に耐えた。

「不手際があったことは申し訳ありません」

「不手際？　はん……おまえは一歩間違えば、あそこで死んでいた。それを不手際の一言で片づけるか」

「俺は……」

目の前までやってきた真田は、入江に抗弁《こうべん》する隙さえ与えなかった。

「入江、おまえは今までも、ずいぶん俺に隠し事をしていたそうだな。この前の二人、若宮に任せたと言っていたが、若宮はあいつらをどうしたんだ？　え？」

入江は答えられずに視線をそらした。

何もかも、すっかりばれてしまっている。今さら言い訳などできるはずもない。

「答えはなしか……つくづくがっかりさせてくれる。入江、おまえの罪は明白だ。俺の命令に逆らい、俺に何も言わずに事を進める。勘違いするな、入江。真田組のトップはおまえじゃない。俺だ！　おまえが独断でやったこと、きっちり落とし前をつけてもらうぞ」

「……！」

とっさのことで、何が起きたのかわからなかった。あまりの威圧感に息をのんでいる間に真田は悠々《ゆうゆう》と入江を肩に担《かつ》ぎ上げる。

大勢の舎弟たちが見ている前でこの扱いは、恥辱《ちじょく》以外の何ものでもなかった。

「やめて下さい！」

思わず大きな声で制止すると、真田はさらに屈辱的《くつじょくてき》な行動に出る。

「やかましい！　黙ってろ！」

「なっ！」

尻をぴしゃりと叩かれて、入江はそれきり絶句した。

落とし前をつけるにしても、それなりのやり方がある。極道は見栄を張るのが信条なのに、この仕打ちはない。

噴き上げてきた怒りで目の前が真っ赤になり、入江は肩の上で大きく身をよじった。だが、真田はびくともせず、平気で入江を押さえている。

「しゃ、社長……」

「若頭……」

あっけに取られた舎弟たちが口々に声をかけてくる。

「今日はもういい。解散しろ。明日の朝一番でまた集まれ」

真田が振り向きもせずにそう命じて、座敷から出ていく。

今や、王者の命令に逆らう者など誰もいなかった。日頃から修羅場《しゅらば》に慣れている男たちも、ただ呆然と見送るしかなかったのだ。

ここで大暴れしてもいいことは何もない。屈辱ではあるが、入江はそう判断を下した。

もともと真田を圏外《けんがい》に置くような真似をしたのは自分だ。真田が制裁を加える気なら、どんな目に遭わされようと甘んじて受けるしかない。

真田は長い廊下を歩き、自分の部屋へと向かった。そして真っ直ぐ奥のベッドへと進み、入江の身体をその上に置く。

体罰《たいばつ》を与えるにしてはおかしな場所だ。それに扱いは屈辱的ではあったものの、怪我を気遣ってか、ひどいことはされていない。

まだ説得の余地があるかもしれないと、入江は静かに話しかけた。

「遥さん、話を聞いて下さい」

「話？　今まで散々隠し事をしておいて、今さらなんの言い訳だ？」

「俺は……」

そう言ったとたん、真田が上から覆い被さってくる。

入江の身体を挟むように両手を着き、にやりと凄みのある笑みを浮かべた。

「おまえは信頼を裏切った。だからその報いを受けろ」

「な、何をする気です……？」

「おまえを犯す」

「！」

入江は目を見張った。

今までにも熱い眼差しで見られたことはあった。だが、今の真田にあるのは凶暴《きょうぼう》な光だ。肉食獣《にくしょくじゅう》が獲物《えもの》に襲いかかる瞬間の残忍《ざんにん》な光。

「抗《あらが》っても無駄だ」

吐き捨てるように言った真田に、入江は大きく胸を喘がせた。

駄目だ。こんな真田は真田じゃない。

この男には太陽の光が似合う。自分の身がどうなろうとかまわないが、大事な真田にこんなことをさせられるはずがない。

「やめて下さい。あなたらしくもない。あれしきのことで何を血迷っているのですか？」

憤然と言うと、真田はさらにぎらりと瞳を光らせる。

「あれしきのことだと？　もう少しで死ぬところだったくせに」

「死にはしません。現にこうして、たいしたこともなく生きている」

「これが、たいしたことないのか？」

真田は言ったと同時、容赦のない力で入江の肩をつかんだ。

「くっ……！」

まともに傷口をつかまれた激痛《げきつう》に、思わず呻きが漏れる。

真田の手はすぐに離れたが、しばらくは口をきくこともできなかった。

「ふん、口もきけないか？　だがこれしきで許されると思うなよ」

「遥……さん……っ」

真田の手が着衣に伸びる。左は元から袖をとおしていない。ボタンも留めていなかったので、簡単に胸をさらけだされた。

肩から胸に包帯が巻かれている。真田はそっとその包帯を撫でた。

激痛を味わわされたばかりだ。恐怖を覚えた身体が思わずすくみ上がる。

「これだけ包帯がぐるぐる巻きじゃ、こっちが先か」

真田の手がすうっと下肢《かし》に滑り、無造作《むぞうさ》に中心をつかまれる。

「やっ、やめろ……！」

入江は大きく腰を退いた。そして両手を突っ張ってのしかかっている真田の身体を押し戻した。

力を入れたせいで肩と背中に痛みが走るが、そんなことにかまってはいられない。

だが怪我を気にしたのは真田のほうだった。

「暴れるな。傷口が開くぞ」

「だったら、おかしな真似をするのはやめて下さい」

「おまえが暴れなければ済む話だ。しかし、ま、仕方ない」

真田はそう言って、唐突に身体を退いた。

なんとか気を変えてくれたのかと、入江はほっと息をついた。

しかし上半身を起こした時には、もう真田は何かを手にしてベッドに戻ってきた。

取りだされたのはガウンのベルトだった。

「何する気ですか？」

「怪我がひどくなったら困るだろ。おまえが無駄に暴れないように縛る」

「やめろ！」

入江は本気で抗った。しかし怪我をしているうえに、もとから体格が違う。簡単に押さえこまれてジャケットを奪《うば》われた。

次には、片袖だけをシャツにとおした格好で、両方の手首を縛られる。拘束された両手は高く頭上に伸ばす形でベッドの端に繋がれた。

真田は念の入ったことに、入江の身体を右を下にするように横向きにさせ、枕を突っこんで固定する。肩の傷にも背中の傷にも負担がかからない体勢を整えたのだ。

足を蹴って暴れようにも、そっちはうまく膝を使って押さえこまれている。

いよいよズボンのベルトに手をかけられて、入江は唇を噛みしめた。

油断もあった。怪我もしている。自分のほうに負い目もある。しかし、これほど簡単に組み伏せられてしまうのは、やはり屈辱だ。

「まったく、最高だなその格好。おまえは子供の頃からずっと俺を煽《あお》りっぱなしだった。氷みたいに冷たく誰もよせつけない高嶺《たかね》の花。だがそれも今日までの話だ。そのお高くとまった顔が涙でぐちゃぐちゃになるまで犯してやる」

真田はせせら笑うように言う。

しかし、ぎりっとにらみつけている間にも真田の手は休まず、下着ごと無造作にズボンを足首まで引き下ろされた。

これで下半身はすべてさらされてしまった。

興味深げにそこを覗きこまれる羞恥。それにこんな事態を招きよせた自分への怒りが重なり、入江は血が滲むような勢いで唇を噛みしめた。

真田は黙って中心を手にする。やわやわと何度か揉まれただけで、入江は息をのんだ。

「……っ！」

我慢しようと思っても同じ男の手だ。的確に快感を煽られる。

根元から絶妙《ぜつみょう》の力加減でしごかれて、敏感《びんかん》なえらを指先で刺激されると、否応《いやおう》なくそこに血が溜まる。形を変えた中心をさらに丁寧に愛撫《あいぶ》されると、じわりと蜜《みつ》まで滲んでくる。

「いい調子だな」

濡れた先端《せんたん》を指でなぞられて、下腹がうねるように上下する。

それでも入江は気丈に言い返した。

「こんな真似をして何がおもしろいんですか？　俺は男だ。しかもたいして若くない。あなたなら、他にどんな女でも若い男でも相手にできる」

「いくら俺の気を削《そ》ごうと思っても無駄だ」

真田の手が尻に伸び、入江は我知らず身をすくめた。

ベッドに座りこんだ真田は入江の左足を持ち上げる。すると尻の狭間《はざま》がさらに剝きだしになる。

そして長い指が無理やりそこに埋めこまれた。

指一本とはいえ、乾いた場所に無理やり異物を押しこまれてはたまらない。

「やっ、めろ……っ」

入江はくぐもった声を上げながら首を振った。

「狭《せま》いな。これじゃ無理やり俺のを突っこんだら裂けるか」

真田は奥まで探るように指を動かしながら言う。

声には残酷《ざんこく》な響きだけがこもっていた。真田にはこの陵辱《りょうじょく》をやめる気などさらさらないのだ。

「ああっ」

乱暴に中を掻きまわしていた指が勢いよく引き抜かれる。

真田はフロントだけ寛《くつろ》げて入江の腰を後ろから抱きこんだ。

左の膝裏に腕をとおされ、剝きだしの狭間に熱く滾《たぎ》ったものを押しつけられた。

息をつく暇もなく、無理やり太い先端をねじこまれる。

「ぐっ……うぅ……」

激しい痛みで目の前が真っ赤になった。

ろくに濡れてもいない場所は巨大なものが潜《もぐ》りこむのを拒《こば》む。しかし真田は容赦なく入江の腰を引きつけ、最奥《さいおう》まで楔《くさび》を打ちこんだ。

圧倒的な質量で、芯から真っ二つに引き裂かれてしまう。

繋がった場所が焼けるように熱くなる。巨大なもので犯された衝撃《しょうげき》で身体中が硬直《こうちょく》した。

「これでずっぽり奥まで入った。すげぇな、あんな狭いのに全部くわえこんだぜ」

「うう……」

巨大な楔をのみこんだ場所に、そろりと指を這わされる。どこまで深く犯されたか知らしめる残酷なやり方だ。

だが、真田はもっとひどい行為を強《し》いてくる。

「ああっ、や、め……っ」

奥まで届かせた楔をいきなり引き抜かれ、入江は悲鳴を上げた。

しかし、抜けかけたものは再び躊躇《ちゅうちょ》なく奥まで戻される。

「あっ、く……っ、う、動くな……っ」

入江は首を振って懇願した。

もう意地も何もない。男に犯されるぐらい、たいしたことはないと高をくっていた。そのつけをたっぷりと払わされる。

入江の腰をつかみ、真田はゆっくり己の楔を抜き挿しする。そのたびに内壁が引きつった。

「おまえ、まさか男は初めてか?」

「ああ、……く、ぅう……や、めろ……」

必死に首を振る入江に、真田はさらに残酷な言葉を浴《あ》びせてくる。

「初めてでも関係ねぇな。これでおまえは俺のものだ。奥にその証《あかし》をたっぷり注ぎこんでやる。それに、痛いだけってわけでもなさそうだ」

「あっ、……く……っ」

真田の手が前にまわり、入江の中心を握る。

そこはこれほどの暴虐《ぼうぎゃく》を受けてさえ、張りつめたままだった。真田は容赦なく抽挿《ちゅうそう》をくり返しながら、手にしたものを揉みしだく。

そのとたん、頭頂《とうちょう》まで痺《しび》れるような刺激に襲われた。反動で中の真田を締めつけて、その苦しさでまた呻きが出る。

「あ、……あぁ、……」

「いい調子だ。そっちもその気なら、たっぷりかわいがってやる。裏切り者のおまえなど、もう真田には必要ない人間だ。だが、これだけ具合がいいんだ。慰み者として、これからもずっと置いてやるよ」

吐き捨てた真田がいちだんと深みを抉る。

「あぁっ……あ、……うぅっ」

突き抜けた痛みで、堪え切れずに涙が滲む。だが、その痛みに混じって何か得体の知れないものが身体中を駆け巡る。

自分は真田に食われる獲物だ。

とうとう目覚めてしまった。

眠っていた獅子を起こしてしまったのは、他ならぬ自分。だから、こうして引き裂かれている。

喉笛《のどぶえ》に鋭い牙がくいこみ、赤い血を一滴《いってき》残らずすすられるように。

「駄目だな、よすぎて長くは保たないな」

動きを速めていた真田が呟きを漏らす。

次の瞬間、ひときわ強く腰を打ちこまれ、最奥に熱い飛沫《しぶき》を叩きつけられた。

「あ、あぁ……う……」

びくりと全身が反《そ》り返り、真田の手にあるものが弾《はじ》ける。

それが快感だと自覚する暇もなく、意識がふうっと遠のいた。

5

「なぁ、苦しいのか？　熱、まだ下がんないみたいだな」

頭の中に響いてきた声に、入江はひくりと眉をひそめた。

身体中が燃えるように熱くて苦しかった。脇腹も、腰も胸も頭も、身体中のあちこちが痛くてたまらない。

「ごめん……うるさかった？」

申し訳なさそうな声とともに、ひんやりとした手のひらが額にあてられる。その心地よさに入江はふっと息をついた。

眠っていたわけではないが、うとうとと夢半分だったそれまでよりも、多少は意識がはっきりする。誰かがそばにいて、しきりに自分のことを心配していた。

頭がずきずき痛むのを押して、ほんの少しだけまぶたを開ける。

室内は充分に明るかった。でもすべてがぼんやりとしている。視界全体に薄い靄《もや》がかかっているようだったけれど、そばに男の子が一人座っているのだけははっきりと見えた。

白い薄手のセーターを着た子供は、つぶらな瞳で不安げに入江の様子を覗きこんでいる。

目が合うと、子供はほっとしたように、にこっと微笑んだ。

自分より小さくて、顔立ちもかわいらしい。

この子は真田遥……この顔にはいやというほど覚えがある。ヤクザの家の子供だ。

そうだ、自分は親に売られて、このヤクザの家にたどり着いたのだ。

今まで散々ひどい目に遭わされてきた。殴られて、あちこちたらいまわしにされて……それで最後にヤクザの家で、小学生の遥に会った。

そして入江は、遥に助けられた形で、この屋敷で暮らすことになったのだ。

熱を出して倒れたのは、折檻《せっかん》されて身体が弱り切っていたせいだ。そのうえ薄いシャツ一枚で雪のちらつく庭に座らされていたのだから、当然の結果だった。

それに加えて、長年の悲惨な生活からきた疲れが一気に噴きだしたようだ。曲がりなりにも自分の居場所が決まり、気がゆるんでしまったのかもしれない。

遥は、風邪で高熱を出した入江のそばで心配そうに座りこんでいる。

この子には一生感謝し続けなければいけないのだろう。

これからは、この子を守っていくと決めたのだから……。

けれど、正直に言えば、うるさくまとわりつかれるのは鬱陶《うっとう》しかった。

こんな風に弱っている時は、特に……。

「……大丈夫、だから……心配しないで……っふ……っ」

遥を安心させて枕元から追い払おうと、入江は掠れた声を出した。たったそれだけのことで呼吸が苦しくなって、大きく胸を喘がせる。

「ちっとも大丈夫じゃない！　お兄ちゃん、すっごく苦しそうじゃないか。お医者さんは薬が効けば楽になるって言ってたけど、嘘だ。全然熱が下がんないし、なんか顔も赤い。もう一回、お医者さん、呼んできたほうがいい？　オレすぐに呼んでくるよ？」

遥は怒ったように声を荒げながら訊ねてくる。

「大丈夫……オレは平気……これぐらい、なんでもない」

入江は興奮している遥を宥めすかすように言った。心の中では、もう放っておいてくれと叫びながら。

だが願いもむなしく、遥はそれから急にまめまめしく入江の面倒を見始めた。

氷嚢《ひょうのう》を取り替えて、滲んだ汗を拭い、保冷剤を挟んだタオルを入江の額に載せる。最後にはふわふわの羽毛布団《うもうぶとん》を肩口まできっちりと引き上げた。

入江はぼんやりとなすがままになっていた。

うるさくされるのはいやだ。一人にしておいてほしい。もうあっちに行ってくれないか。

そう言いたいのに、どれ一つとして口には出せなかった。

この子は自分の主人になったのだから、そんな恩知らずなことは言えるはずもない。

せめてもの意思表示として、入江は眠くなった振りで、遥から顔をそむけるように寝返りを打った。

その時上掛けがずれて肩が外に出る。するとすかさず遥の手でその布団を整えられた。

入江は唇を噛みしめた。

何故だか急に言い様のない苛立ちが芽生《めば》えて、かけられたばかりの布団をわざとはね除《の》ける。

「暑くなったのか？　熱が高いんだから仕方ないよな。いいよ、しばらくしたら、またちゃんと布団をかけてあげる」

遥は困ったように言う。

おまえがうるさくするからだ！

思わずそう叫びそうになり、入江はぐっと奥歯を噛みしめた。

「早く、よくなるといいな」

何も知らない遥はそんなことを呟いて、剥きだしになった入江の手を自分の両手で包みこんだ。

力づけるようにしっかり握りしめられると、今度は嗚咽を上げそうになる。

風邪をひいたぐらいでこんな風に心配されたのは初めてで、どう対応していいかわからない。

背中にオーバーをかけてもらった時もそうだった。

ぶたれて痛かったわけでもないのに、泣いてしまいそうになったのだ。

優しくされることには慣れていない。だから、とまどいだけが大きかった。

遥に握られた手を引っこめたい。けれど、それすらできず、入江は身体を強ばらせたままで、じっとそっぽを向き続けていた。

入江は真田家から中学に通うようになっていた。

真田の屋敷には他にも何人かの若者が住みこんでおり、極道の修行を積《つ》んでいた。行儀見習いという名目で、屋敷の掃除《そうじ》に始まって組長の身のまわりの世話まで、徹底的にやらされるのだ。

入江は真田家の養子になったわけではなく、この若い衆の一人として扱われた。他の者は義務教育を終えている。だから正確に言えば、入江はその予備軍といったところだ。

朝早くに起きて、まずはトイレ掃除。他にも家の用事を手伝い、挨拶の仕方なども躾《しつ》けられる。厳しくはあったが、それでも入江にとってはやっと手に入れた平穏な日々だった。

遥は小学五年生。入江は最初、この遥の面倒をみさせられるのだろうと思っていた。

けれど遥は、さほど入江にべったりだったわけではない。

父親の決定に横やりを入れてまで入江を助け、熱を出した時にはうるさいほどそばにいて看病《かんびょう》もしてくれた。だからこのあともずっとまとわりつかれるのだろうと覚悟していたのに、入江は拍子《ひょうし》抜けする思いだった。

それで改めて興味が湧《わ》き、遠くからそれとなく遥を観察することが多くなったのだ。

真田遥は不思議な子供だった。

極道の家に生まれたのに、どうしてこんなに伸びやかな子に育ったのかと思うほど明るくて、性格が真っ直ぐなのだ。

家業が家業だけに、遥の通学には専属のボディガードがつくが、いったん屋敷に戻ってからは別だ。普通の小学生と変わらず、一人でよく外へ遊びに出かけていた。

ある日入江は、その遥が公園で喧嘩《けんか》をしているところに遭遇《そうぐう》した。

入江はその頃、空手《からて》を習うように命じられていて、若い衆の一人、若宮と一緒に道場へ行く途中だった。小さな公園を抜けていけば近道になるのだ。

公園内には池があり、まわりには桜の木が多く植えられていたが、まだ花の季節には間がある頃だった。それでもコートが必要なほどの寒さではなく、入江は黒の学生服、若宮は薄いタートルネックのセーターにジャケットを重ねているだけだった。

その公園の池のそばで、白いジャンパーを着た遥が、五人ほどの子供を相手に叫んでいたのだ。

「やめろよ！　亀《かめ》、虐《いじ》めるの、かわいそうだろ！　怖くて足引っこめてんのに、そんな棒《ぼう》で突っつくなよ」

「おまえ五年のくせに、何、生意気《なまいき》なこと言ってんだ？　こうやって足の穴んとこ、ぐりぐりしてやると、ひくひくしておもしろいんだよ」

遥の他は皆六年生のようだった。池から這いだした十五センチほどの亀をつかまえて、長い木の枝で小突きまわしている。遥はそれをやめさせようとしているらしい。

「やめろって！」

遥はひときわ大きく叫んだ。

すると他の子供たちは亀を放りだし、今度は遥を取り囲む。

「一人で何、いい子ぶってんだよ？　おまえ、ヤクザの家の子だろ。偉そうに言うな！」

「そうだ、そうだ。うちのパパが言ってたけど、ヤクザって社会の害虫なんだぞ」

「害虫ならゴキブリだ！　ゴキブリ！　汚いから踏んづけてやろうぜ」

一番体格のいい子が率先《そっせん》して遥を蹴りつける。他の子供も連鎖反応《れんさはんのう》のように突き飛ばしたり、蹴ったりし始めた。

いくら子供の喧嘩でも、五対一では放っておけない。

入江は思わず駈け出そうとしたが、それを後ろから手をつかまれて阻止《そし》された。

「ほっとけ、子供の喧嘩だ」

入江を止めた若宮は、若い衆の中でも一番の有望株《ゆうぼうかぶ》だといわれている男だ。二十歳で大学にも通っている。

「なんでですか？　あんな大勢に虐められてるのに！　あの子は大事な真田家の子でしょう！　オレ、やめさせてきます！」

入江は心底不思議に思って言い返した。

若宮だって真田の身内のはず。それで組長の子供を助けないとはどういうことか、まったく納得がいかなかった。

「黙って見てろ。若なら大丈夫だ。あのぐらい自分でなんとかする」

若宮はがしっと入江の腕を捕らえたままで言う。

飛び出そうにも、振りほどくことはできなかった。

入江は憤然としながら、遥のほうを振り返った。

五人対一人の喧嘩だったが、若宮の言ったとおり遥はかなり善戦《ぜんせん》していた。地面に転がされ、上から押さえつけられても、噛みつく、蹴る、その他ありとあらゆる方法で劣勢《れっせい》をはね除ける。

あまりの暴れっぷりに、そのうち一人の子供が卑怯《ひきょう》にも亀を小突きまわしていた枝で遥を叩き始めた。

入江は見ていられずにまた飛び出そうとしたが、若宮はやはり許さない。

遥をねらって大きく振りまわされた木の枝は、他の子供にも当たってしまう。

味方に殴られた子供は派手に泣きだした。その場にしゃがみこんで大声で泣き始める。他の子供はその泣き声で怖くなったのか、いっせいに逃げ出していった。

残ったのは遥だけだ。

どうするのか見ていると、驚いたことに、遥はジャンパーのポケットから絆創膏《ばんそうこう》を取りだして、泣いている子の額に貼《は》りつけてやっていた。

いつの間にか若宮の手が離れており、入江は無意識に遥に近づいた。

額に絆創膏を貼った子はまだ大声で泣いている。そばまで行くと、遥は懸命にその子を宥めていた。

「なぁ、もう痛くないだろ？　血もそんなに出てなかったし。家に帰ってからちゃんと消毒してもらえば大丈夫だって」

だが入江は、そう言った遥を見てぎょっとなった。

泣いている子を宥めている遥の手のほうが、血だらけになっていたのだ。

入江は夢中で遥の腕をつかんだ。

「おいっ、血がっ！」

無理やり立たせてみると、遥の白いジャンパーは泥と血とでひどい有様《ありさま》になっており、ブルーのデニムも裂けて、膝からかなり出血していた。

「大変だ。早く手当てしないと！」

入江は蒼白になった。

大事な真田の家の子にこんな怪我をさせてしまった。早く喧嘩を止めなかったからだ。

「お兄ちゃん……」

遥はばつが悪そうに頭をかいているだけだ。

それまで泣いていた子供は、そこで初めて遥が血を流していることに気づいたようで、うわーっと大声で叫んだかと思うと、一目散《いちもくさん》にその場から逃げ出していった。

入江は自分のほうが震えながら、持っていたハンカチで遥の血を拭った。手の傷はさほどひどくなかったが、膝はばっくり割れて血が噴きだしている。

なのに遥は泣き声一つ上げず、他の子の、しかも自分を虐めていた子の心配をしていたのだ。

「痛くないの？」

入江は呆《あき》れていいのか怒っていいのかわからず、血だらけの膝をハンカチで縛った。

「別に平気だよ、このぐらい。お兄ちゃんだって、あの時、泣いてなかっただろ？」

遥はそんなことを言ったが、本当は相当痛いのだろう。さすがに顔を歪《ゆが》めている。

「これ、病院に行ったほうがいいと思う。オレ、おんぶするから場所、教えて」

遠くには若宮の姿もあったが、入江はそう言って、遥に背を向けてしゃがみこんだ。

喧嘩を止めもしなかった若宮はあてにならない。

「何、言ってんだよ。おんぶなんて、かっこ悪いこと、いらないよ。それよりお兄ちゃん、道場に行く途中だったんだろ？　あそこに若宮もいるし。オレ、一人で帰るから、大丈夫だよ」

「遥……そんな、無理だろ、この傷で！」

焦って止めたが、遥は知らん顔で歩きだす。

入江はまた青くなって目を見開いた。

精一杯気力を振り絞っているのだろうが、遥は痛そうに片足を引きずっている。

入江は我慢できずに、遥の手をつかんだ。

「おんぶがいやならいい。だけど病院へは一緒に行く。オレは君を守るのが役目だ」

入江が毅然《きぜん》と言い聞かせると、遥はきょとんとしたように見上げてくる。

「何、言ってんの？　お兄ちゃんを守るって言ったの、オレのほうだよ？」

当然のように言われ、入江は呆然と遥の泥だらけになった顔を見つめた。

この年頃での二歳の差は大きい。遥は五年生でもかなり小さなほうで、身長は入江の肩にも届かない。

なのに、自分より大きな子を何人も相手にして一歩も退かずに戦い、それが終わったかと思えば、自分の怪我などいっさいかまわず、敵だった子供にまで優しくしてやっている。

血だらけになった膝が痛いだろうに、二歳も年上の入江をつかまえて、自分のほうが守ってやるんだと宣言する。

心底、変わった子供だと思った。

極道の家の子だからじゃない。遥自身が変わっているのだ。

ちらりと後方に目をやると、若宮はまだ桜の木のそばに立ったままでこちらの様子を眺めている。もしかしたら、真田が極道の家であるからこそ、子供の喧嘩には絶対に口を出すな、と厳命《げんめい》されているのかもしれない。

けれど中学生の自分は、まだ正式に真田の若い衆となったわけじゃない。単なる予備軍だ。遠慮する必要もないだろうと、入江はあらためて遥の手を握りしめた。

「遥、それならオレのことは君が守ってくれ。その代わり、オレが君を守る。それであいこだろ？」

遥は一瞬、困ったように首を傾げた。けれどすぐに、にっこりと極上の笑みを浮かべる。

「それならいいよ」

「じゃ、病院に行くぞ。これ以上ひどくならないうちに、ちゃんと手当てしとかないと」

「うん、わかった」

今度は遥も素直に病院行きを承諾《しょうだく》する。

入江はその遥の手をしっかりと握ったまま歩き始めた。


遥が中学に上がり、同じ学校に通うようになってからも、遥と入江の間は、微妙な距離を保ったままだった。

遥は必要以上に甘えてくることはなかったし、入江のほうも遠くから見守るだけ。学校でもせいぜい顔見知りの先輩と後輩といった関係だ。

明るく優しい遥は皆に好かれ、友人も多かった。入江のほうは逆で、極力《きょくりょく》他人を近づけないようにしていた。

人間に対する不信感は、そう簡単に拭えるものではなかったからだ。それも近しい者から与えられる打撃や裏切りがどれほどのものか、身をもって知っていただけに、親しい友人は一人として作らなかった。

例外はおそらく遥だけだっただろう。

屋敷で毎日顔を合わせるのだから、当然親しく話もする。『遥』『流生』と互いの名前を呼び捨てするようにもなっていた。しかし、べったりくっついているわけでもないので、おかしな警戒をする必要もなかった。

入江にとっては、そのぬるま湯のような関係が心地よかったのだ。

高校に入っても、遥の性格は変わらなかった。

急にめきめきと身長が伸び、あっと言う間に入江を追い越してしまったが、遥の優しさは相変わらずだった。芯の強さも同じで、絶対に人前で涙は見せない。

その遥が泣いているのを目撃したのは、たった一度だけだ。

遥が高校三年の時だ。

ことさら暑かった夏が終わり、秋風が立ち始めた頃に、遥の母親であり、真田組の姐さんであった女性が癌《がん》で亡くなった。皆から慕われていた女性はいつも毅然とした強さを持ち、法要《ほうよう》では大泣きする者も多かった。

そんな中でも遥は涙一つ見せなかった。しかし入江は、それから一週間ほどして、その遥が庭の片隅に蹲り、肩を震わせているのを見てしまったのだ。

そこには白い曼珠沙華《まんじゅしゃげ》の花が群生《ぐんせい》しており、遥はその花を眺めながら泣いていた。

様子が気になって近づいた入江は、後ろからそっと名前を呼びかけた。

「遥……」

半袖シャツを着た背中がかすかに震える。

この頃では入江が眩しく思うほど、力強さを増している遥だったが、この時ばかりはその背中が頼りなく見えた。

唐突に抱きしめてやりたくなったが、手を出すのはためらわれる。

「……この花、お袋《ふくろ》が好きだったんだ。それなのに、お袋が死んで一週間もした今頃になって、ようやくきれいに咲いた」

遥は振り返りもせずに、そんなことを呟いた。

入江は今にも遥の肩に触れようとしていた手を下ろし、ぎゅっと握りしめた。

涼しくなってきた風に白い花弁《かべん》が揺れていた。緑《みどり》の葉はただの一片もない。すっと伸びた茎《くき》の先で純白の花だけが咲き誇っている。

その凛《りん》とした美しさは、どこか遥の母親の面立《おもだ》ちを思いださせた。

しばらくして、遥はゆっくりその場から立ち上がる。

合わせた顔には、もう涙の跡《あと》は残っていなかった。
遥はそのままなんでもないように入江の横をすり抜けていく。
「流生……この花、あんたに似てる」
すれ違いざまに、そんな声が聞こえ、入江はどきりとなった。
はっとして振り返った時には、遥はもう庭の向こうまで歩み去っている。
自分より、ずいぶん背が高くなった後ろ姿を、入江は長い間じっと見つめていた。

6

入江は長い夢からぼんやりと覚醒《かくせい》した。

頭が妙に重く、身体全体がだるかった。

かなりの努力を重ねてようやくまぶたを開けると、今度は違和感に襲われる。

目覚めたのは、自分のものではないベッドの上だ。緩慢《かんまん》に視線を巡らせると、窓の位置が違うし家具の種類も配置も違う。

ここは真田の部屋だ。

どうしてこんなところで……。

不思議に思ったのはほんの一瞬で、入江はすぐにすべてを思いだした。

「……うっ」

慌てて起き上がろうとすると、肩と背中、それにもう一カ所、あらぬ場所にも痛みが走る。だが一番ひどかったのはやはり頭だ。まるで鉛《なまり》の固まりかと思うほど重かった。

しかし、のんびりしてはいられない。

室内の明るさはもう昼間のものだ。そして明け方まで確かに自分を犯し続けていた真田の姿がどこにもない。

きしむ身体に鞭《むち》打って、入江は上掛けを払って上半身を起こした。

とたんに強い目眩《めまい》に襲われる。まるで酔っぱらった時のようにぐらりと視界がぶれた。

それでも無理やりベッドから下りようとすると、また身体中に痛みが走る。

「うぅ……」

入江は低く呻きながら必死に立ち上がった。たったそれだけのことで額に汗が浮く。

刺された怪我の痛みはさほどでもないが、足が萎《な》えてまったく力が入らない。重い下半身は、自分のものではないようだ。

あまりの情けなさに、思わず笑ってしまいそうだった。

男に犯されるなど、二十七年の人生で初めての体験だ。その影響がこうも大変なものだとはまったく知らなかった。

だが今は、そんなことにかまっている暇はない。

姿を消した真田が何をしているか、想像がつくだけに、焦りを覚える。

音羽組の者を締め上げただけでは、入江が進めていた仕事の全容を知ることはできない。真田は何よりもまず一番にそれを知ろうとするはずだ。

「くっ……うぅ……っ」

入江はふらつきを堪え、懸命に重い足を運んだ。

幸いなことに素裸《すはだか》というわけではなく、薄いガウンをまとっていた。

このまま外に出て、まずは誰かを捕まえて、真田の行き先を訊きださなければならない。

それから自分の部屋に帰って、パソコンをいじられた形跡《けいせき》がないか調べる必要もあった。

事務所や会社で使っているパソコンは二重、三重にロックしてあるので、そう易々《やすやす》とファイルは開けない。しかし自室で使っているものは別だ。一応はパスワードを設定してあるものの、あれを調べられたらすべてが露見《ろけん》する。音羽組の動きを調べさせた者からの報告も入っているのだ。

何度も倒れそうになりながら、入江はなんとかドアまでたどり着いた。

しかし、レバーに手をかけようとした時、向こう側からふいにそのドアが開けられる。

「うわっ、若頭！　ああ、びっくりした。大丈夫ですか？」

「隼人……」

出くわしたのは隼人だった。

昨夜の顛末《てんまつ》は主立った者にはすでに知れ渡っているだろう。入江が制裁のため真田に犯されたことを、隼人も知っているはずなのに、明るい声にも表情にもそれほど変化はなかった。

入江も努めて冷静に、いつもどおり真っ直ぐに隼人を見据えた。

「ちょうどよかった。社長の行き先は？　屋敷にいるのか？　それとも事務所か？」

立て続けに訊ねると、何故か隼人は困ったように頭をかく。

「すんません、若頭……言えません」

「なんだと？」

「若頭、そこの部屋に戻ってもらえますか？」

隼人の態度は明らかにおかしかった。ドア口に立ち塞がったままで、入江をとおそうとしない。もしかしたら、廊下でずっと見張っていたのだろうか。

「朝方、先生が手当てに来た時、眠剤《みんざい》飲ませたから夜まで大丈夫っつったのにな……あの先生、ヤブですね。若頭、こんなに早く目、覚ましちゃって」

要領を得ない言い方だ。

隼人が何を命じられたのかはっきりさせないと、次の手を打ちようがない。

「睡眠薬《すいみんやく》を飲ませたとは、俺に、か？」

冷ややかに訊ねると、隼人はこくんと首を振る。

「おまえの言う藪医者《やぶいしゃ》ってのは、柚木先生のことか？」

今度も隼人は首を縦《たて》に振った。

「社長が朝方、先生を呼んだんすよ」

「社長が？」

入江は眉間に皺をよせて訊き返した。

真田がなんのために柚木を呼んだか、すぐに思い至ったのだ。

「若頭の傷口が開いたって話で、先生、すぐにすっ飛んできましたけどね。なんか社長まで怒られてたみたいっす。で、若頭は起きたら何するかわかんないんで、寝かしとかなきゃ駄目だって、社長が言って」

隼人の言葉に、入江はぎりっと奥歯を噛みしめた。

明け方、柚木が往診《おうしん》に来たというのはまったく覚えていない。真田に散々犯されて、最後には意識を失ってしまったのだ。

あれだけ、やりまくれば傷口も開くだろう。そしていくら怒っていても、真田はあの性格だ。柚木を呼びつけて治療を命じたに違いない。

入江は体質的に睡眠薬の類《たぐい》が効きにくい。そのため予定より早く目覚めてしまい、それで隼人のこの言葉だったのだ。

柚木にまで醜態《しゅうたい》を知られてしまったとは。

だが、入江は湧き上がる羞恥を振り払った。

「隼人、そこをどいてくれ。俺はやらなきゃいけないことがある」

入江はそう言いながら隼人の肩に手を伸ばした。

横に退いてもらうつもりだったのだが、ドアを塞ぐ大きな身体はびくともしない。むしろ逆に入江の腕をつかんでくる。

「駄目ですって、若頭。俺、社長から直に命令されてるんです。若頭を絶対この部屋から出すなって。お願いですから部屋ん中に戻って下さい」

「隼人、今はそんなことを言ってる場合じゃないんだ。早くしないと社長の身が危なくなる」

「駄目です。社長から言われたんすよ。若頭に何を言われても、絶対に出しちゃ駄目だって」

「いいから、そこをどけ、隼人！」

むなしい押し問答《もんどう》が続き、最後に入江は若い隼人を一喝《いっかつ》した。

だが、その時、廊下の向こうから、捜していた真田本人が姿を現す。

「入江、おまえをその部屋から出すな。隼人にそう命じたのは俺だ。おまえ、組長の命令に逆らおうってのか？」

はっと立ちすくんでいる間に、長身の真田が目の前まで迫ってくる。

「隼人、ご苦労だったな。もういいぞ。行け」

「はい、社長！」

真田が横柄に顎をしゃくると、隼人は嬉々としてその命令に従う。

まるで子供が先生に褒《ほ》められたかのように単純な嬉しがりようで、深々一礼すると、くるりときびすを返した。

「入江、部屋の中に戻れ」

隼人が去るのを見送った真田が振り返り、冷ややかに命じる。

精悍に整った顔には昨夜と同じ、取りつく島もないほど冷酷な表情が浮かんでいた。

ここで逆らって、いいことは何もない。取りあえず入江は大人しく部屋の中に戻った。

ベッドに座れというように指さされ、それにも従う。

「油断も隙もないな。どこへ行こうとしてた？」

逃げ道を塞ぐようにベッドのそばで仁王《におう》立《だ》ちになっている真田を見上げながら、入江は用心深く答えた。

「……自分の部屋に帰ろうとしていただけです」

真田はじろりと上から見下ろしてきた。普段の真田からは想像もつかないほど鋭い視線だ。どこかに出かけていたのか、真田はダークグレーのスーツにきっちりネクタイを締めていた。手に重そうな黒のボストンバッグを持っていたが、それをどさりと床に下ろす。

それと同時に、真田の口角が皮肉っぽく上がった。

「データの始末でもしようと思ったのか？　残念だったな、入江。自分の部屋だからと安心したんだろうが、おまえにしては油断したものだ。あんな簡単なパスワードじゃな……おまえが密かに動いていた件、経緯は全部確認した」

入江はきつく唇を噛みしめた。言われたとおり、ファイルを完璧にロックしておかなかったのは、完全に自分の不注意だ。

「音羽の鉄砲玉も締め上げた。あれはおまえをねらっていたようだな。公共工事の補償金……目の付け所は悪くない。わからないのは、それを何故秘密にしていたか、だが」

「それなら理由は簡単です。相手は堅気ばかりだ。組の名前を出せば、警戒される」

「ふむ……一応言い訳は立ってるな」

「俺は別に隠しておくつもりは」

考えこむように顎に手をあてた真田を見て、入江はたたみかけた。

どうにかして言いくるめないと、へたをすれば音羽組との抗争になってしまう。真田は裏切り者の入江に怒っているだけではなく、入江を傷つけた者に対しても、激しい怒りを見せていたからだ。

「この期《ご》に及んでまだそんなことを言うのか？」

「遥さん、俺は」

「入江、音羽組のことは若宮にも確認した。おまえ、せっかくの忠告を無視したあげく、俺には内緒にしておいてくれと頼んだそうだな」

若宮を恨む筋合いはないが、入江は内心で強く舌打ちした。

だが、今はそれより急を要することがある。

「遥さん、それで音羽の動きは」

「おまえには教えねぇよ」

あっさり言われ、入江は息をのんだ。

真田は皮肉っぽく口元を歪めながら、手を伸ばしてくる。

怪我をした肩に触れられて、入江は我知らずびくりと身体を退いた。

「今朝、柚木を呼んだ。俺がおまえを襲ったのが一目でばれて、ひどく怒られた。だが、そんなことはどうでもいい。おまえの返答次第《しだい》では、またぐちゃぐちゃにしてやるよ。入江、どうして俺に教えなかった？　おまえ、俺をただのお飾りにしておいて、真田を意のままに動かすのがそんなにおもしろかったか？」

「俺はそんなこと！」

あまりにも理不尽《りふじん》な疑いに、入江は声を荒げた。

「だが、事実だろ。気づかなかった俺にも落ち度はある。自分でも呆れてるさ。だが、まさか、おまえが嘘までついていたとはな……おまえのことは一番に信頼していた。なのに俺を裏切ったことが許せねぇ」

次々に責め立てられて、入江は唇を噛みしめた。

真田を守りたかったからだ。

それをここで言ったとしても、どれほど陳腐《ちんぷ》な言い訳に聞こえることか。

真田はもう小さな子供ではないのだ。それどころか今の真田は完全に眠りから覚め、獰猛《どうもう》に牙を剥いている獅子だ。

来るべき時が来た。しかも皮肉なことに、真田を目覚めさせるきっかけを作ったのは自分自分なのだ。

子供の頃、守ってやると言われた。そして、入江もまた真田を守ると誓った。

大人になるにつれて、互いの呼び方が変わったように、真田に対する接し方も徐々に変わっていった。同時に、守ってやるという言葉が持つ意味合いも、少しずつ変化した。

真田には明るい光が似合う。だからいつまでも、その光の中にいてほしい。

入江が最終的に到達したのはそんな願いだった。しかし大人になった真田にとっては、それは迷惑以外の何物でもなかったのだ。

今までの行動は入江の完全な独《ひと》りよがりで、突き詰めてみれば、この願いは自分を満足させるためだけのものだったかもしれない。

それでも今までやってきたことに、後悔はないと言い切れる。

けれど、情けない話だが、自分の欲のために真田を裏切っていたのだろうと糾弾《きゅうだん》されるのは、思ったよりも堪《こた》えた。

胸の奥がきしむように痛む。

いつの間に、これほど真田に執着《しゅうちゃく》していたのだろうか。

自分を切り捨てるというたった一言で、こんなにも胸が苦しくなるほど……。

真田に運命を変えられた日から、ずっと遠巻きに見守ってきた。

それが、いつからこれほど狂おしい思いに変わったのか、自分でもよくわからない。逆に言えば、それほど長い間、ずっと真田をだけ見つめ続けてきたのだ。

「あなたに言わなかったことがあるのは事実だ。伝える必要がないと判断したから、そうしたまでで、他意はない。あなただって、俺がまさか真田を乗っ取るつもりだと思っているわけではないでしょう？　俺は逃げも隠れもしない。あなたが俺を許せないと言うなら、好きに処分すればいい」

入江は静かに言い切った。

真田への思いが独りよがりだったのならば、今さら心情を明かしたところでむなしいだけだ。だから必要なことだけを淡々と告げた。

「いい度胸だな、入江。それがおまえの望みなら、そのとおりにしてやるよ」

真田のまわりで空気が冷える。

すっと手を伸ばされて、入江は思わずすくんだ。

「一つだけ、遥さん……音羽のことだけは、聞いてもらいたい」

「黙れ！　おまえの言葉は嘘ばかりだ。これ以上聞く必要はねぇ！」

冷徹《れいてつ》に言いながら、真田はいきなりベッドに乗り上げてきた。

勢いで入江の身体が押し倒される。

自分で蒔《ま》いた種とはいえ、また犯されるかもしれないと思うと、純粋に恐怖に駆られた。

けれど、押しのけるつもりはなかった。これが罰だというなら、甘んじて受けるだけだ。

ぎりっと唇を噛んで見つめていると、真田はさらに酷薄《こくはく》な笑みを浮かべる。

「今日は抵抗しないのか？　ずいぶん余裕だな、入江。それとも殉教者《じゅんきょうしゃ》にでもなったつもりか？　ただ我慢してればいいと思っているなら、残念だったな」

「……」

「柚木に怒られたからな。今日はうんと優しく、たっぷりかわいがってやるよ。好きに処分しろと言うなら、若頭の任を解く。これからおまえは俺のオンナだ。主人の言うことを従順に聞く、いいオンナになるよう、しっかり調教してやる」

「遥……さんっ」

あまりの言いぐさに、入江は顔を引きつらせた。

真田が本気であるのは、目を見ればわかる。昨日と同じようにそこには危険な光だけが宿っていた。

獅子が獲物を狩る時は、いかなる相手でも全力を尽くすという。今の真田からはまさにそんな気配が立ち上っていた。

そして自分こそが、駆られる獲物だ。

怯んだ入江から、真田はあっさりガウンを取り去った。

下着は元からつけていなかった。入江は包帯だけを残し、生まれたままの姿になる。

そして真田は剥きだしになった入江の中心を無造作につかんだ。

「足を開け、入江」

「……っ」

急所を捕らえられていては、逆らっても無駄。入江は仕方なく両足の力をゆるめた。

自分から動くまでもなく、真田の手で大きく足を開かされる。

カーテンが開けられているので、部屋には午後の明るい陽射しが入りこんでいた。そんな中でまじまじとそこを見られる羞恥に、入江は全身を強ばらせた。

だが、真田はもっと大胆《だいたん》な行動に出てきたのだ。

「くわえてやるか」

ぽつりとそんな言葉を発したかと思うと、着衣のままで入江の下肢に顔を伏せてくる。

いきなり口中に含まれて、入江は我知らず腰を震わせた。

生暖《なまあたた》かくぬめった感触で包まれただけで、びくりとそこが反応する。

「あ……っ」

やわらかく咀嚼《そしゃく》するように口を動かされると、さらに身体中の血がそこに集中した。

真田の口の中で、むくりと性器が育っていく。いくら我慢しようと思っても、止めることはできなかった。

「……っ、ぅう……く、……っ」

入江が充分大きくなると、真田はすぼめた口をゆっくりと上下させた。絶妙な締めつけ具合が確実に性感を煽る。

とても我慢できず、入江は連続して甘い呻きを漏らした。

「ああっ……あ、くっ……ふ、……ぅ」

シーツをぎゅっと握ってやり過ごそうと思っても、急激に欲望が迫り上がってくる。

入江は必死に首を振りながら、射精感《しゃせいかん》を堪えた。

「あっ……うぅ……っ」

拒む気はない。そう思ったことが徒になり、腰をずらして逃げることも叶わなかった。結果としてただ真田の愛撫だけに浸ってしまう。

他人に口淫《こういん》されるのが、こんなに気持ちよかったことはなかった。相手が同じ男だけにツボを知り尽くしているのか、それとも男同士だという禁忌《きんき》に煽られるのか、あっけなく達してしまいたくなる。

「あ、っ……も、ぅ……駄目……だ……離、せ……っ」

入江は忙しなく息を継ぎながら懇願した。いくらなんでも真田の口に吐きだすことはできない。

真田はその声を聞いたとたん、今度は蜜を溢《あふ》れさせている先端ばかり集中して舐め始めた。

小さな穴をこじ開けるように尖《とが》らせた舌で嬲《なぶ》られる。

「ああっ、……あっ、あっ……あ」

先端だけを口に含み、亀頭《きとう》のまわりにも舌を絡められた。

気持ちがいい。よくて、よくてたまらない。けれど、欲望は今にも弾けてしまいそうなのに、このソフトな愛撫は拷問《ごうもん》だった。

必死に腰をよじると、真田の手がすうっと後ろにまわされる。探られたのは昨夜散々犯された狭間だった。

「やっ……」

思わずびくりと腰を退く。

すると、宥めるように性器を深くくわえられる。

「ああ……ぁ……て」

馴染《なじ》み深い快感にごまかされている間に、真田の指が深く挿しこまれた。内壁をあちこちそろっと探られる。そのうちに、押されただけで仰《の》け反《ぞ》るほど感じる場所を見つけだされてしまう。

くいっと指先で引っかかれただけで、強烈な刺激が身体中を駆け巡った。

「やめ、……ああっ」

もう恥も外聞《がいぶん》もなく、入江は上体を反り返らせた。

真田の口と指からなんとか逃れようと、腰をずらすが逃げられない。

かえって中の指を締めつけてしまい、よけいに感じさせられてしまう。

「あぁっ、あっ……やっ、もう……達《い》く……っ」

がくがく首を振りながら訴える。

けれど、嬌声《きょうせい》はよけいに真田を煽っただけだった。

すぼめた口で張りつめたものを根元から強く吸引され、同時に中の弱点をくいっと押される。

たまらなかった。

とても我慢できない。

「あああ――っ、あっ、……くぅ……ぅぅ」

ひときわ高い声を発しながら、真田の口に思うさま放ってしまう。

頭が一瞬真っ白になったほど気持ちがよかった。男の口で達するなど羞恥の極みだが、途中で止めることなどできなくて、すべてを吐きだしてしまう。

真田はその白濁《はくだく》を全部のみこんだ。

それでもまだ足りないように、また根元からくわえ直し、残滓《ざんし》をすすっている。

「ううっ……う、くっ……」

入江は高みからすとんと落ちるように全身を弛緩《しかん》させた。

達した反動で、身体中から力が抜け、だらしなく両足を伸ばす。

「少しは意地を見せるかと思えば、あっけないな」

真田は入江の欲望をのみこんだ口を手の甲《こう》で拭いながら上半身を起こした。

まだスーツのままだ。ネクタイの結び目をほんの少しゆるめているだけだった。けれど黒髪が乱れて額にかかり、整った顔には淫蕩《いんとう》な笑みが浮かんでいる。

入江はまだ激しく胸を上下させながら、食い入るようにそんな真田を見つめた。

「今のはサービスだ。次は我慢しろ」

真田はそう命じながらスーツの上着を脱ぎ捨てた。ネクタイもむしるように取り去って、シャツのボタンも外す。

そして真田は逞しい上半身をさらしたところで、ベッドの下に置いたバッグを手にした。

入江は弛緩した身体をベッドに横たえながら、目だけで真田の動きを追った。

「さすがにうちの奴らは役に立つ。注文どおりだな」

いったいなんのことだろうと、真田の手元を凝視《ぎょうし》する。

ボストンバッグの中から取りだされたものを見て、背筋に悪寒が走った。

長い鎖《くさり》のついた枷《かせ》。

「まさか……！」

入江はとっさに上体を起こした。そのまま身体をひねってベッドの向こうに這って逃げようとしたが、真田の動きのほうが速い。

「逃がすか」

左の足首をつかまれて、容赦なく引きずられ、次の瞬間には、その足首にカチリと枷が填《は》められる。

ある程度の屈辱は覚悟していたが、こんなもので繋がれるのはいくらなんでも予想外だ。

「やめて、下さい！　こんな真似！　俺は逃げないって言ってるだろっ！」

叫びながら足を引くと、ジャラリと重い金属音《きんぞくおん》がする。

真田はその長い鎖の端を持って冷え冷えとした声を出した。

「おまえの言うことは信じない」

こんな時だというのに、ずきりと胸が痛んだ。

こうまで真田を怒らせたのは、自分だというのに、心の底から悲しみが込み上げてくる。

真田は無言でベッドの下部に鎖をセットした。脚《あし》の部分に斜《なな》めに渡したパイプは補強を兼ねたデザインになっている。その三角に空いた空間に鎖をとおされては、たとえベッドを持ち上げたとしても抜けはしない。

「遥さん、頼むから、これだけは……っ」

焦りを覚えた入江は本気で懇願した。

自分で好きなようにしろと言ったのだ。今さら泣き言は口にしないつもりだったが、これだけはどうあっても受け入れ難《がた》い。

しかし真田は聞く耳など持たぬように、足首の枷に鍵《かぎ》を掛ける。鎖の留め具も同じようにロックして、その鍵をわざとらしく入江の目の前で揺らしてみせた。

「この鍵は俺が持ち歩く。俺がいない間に助けを求めても無駄だ」

「何故、そこまで……」

入江は悔しさのあまり、鋭く真田をにらみつけた。

けれど、そうしたところで、繋がれる立場になったことは変わらない。

鎖は充分な長さがあった。この部屋の中ならば自由に動けるというわけだ。真田の部屋にはバスルームもある。つまり真田はこの部屋で入江を飼う気なのだ。

真田は再び大きなバッグを探っている。今度は何が出てくるのかと、入江は恐怖に駆られながら真田の手元を見つめた。

取り出されたのは小さなチューブだった。

「後ろを向け、入江」

「！」

入江は我知らずすくみ上がった。

どうせろくでもない薬が入っているのだろう。

だが、拒否する暇もなく、真田の手で身体を裏返される。四つん這いの体勢を取らされて、そのうえ足を大きく開かされた。

「ああっ！」

なんの前触れもなく狭間にひやりと冷たいものがかけられて、入江は小さく叫んだ。

ぶちゅっと音がするほど大量に中身を絞りだされ、それが全部恥ずかしい谷間にかけられる。

そして、その冷たさに馴染む間もなく、真田の長い指が二本まとめて中に埋めこまれた。指の数がさっきより増えたというのに、ぬめりに沿って、より奥深くまで潜りこんでくる。

「あっ、……あぁ……っ」

真田はジェルを馴染ませるようにゆっくり中を掻きまわした。

その時、ねらったように前立腺《ぜんりつせん》も引っかかれる。

「ああっ……」

いきなり強烈な刺激に襲われて、入江は大きく背を反らした。

だが真田の指はそれだけで、唐突に引き抜かれる。入江はそのままがくっとベッドに突っ伏した。

指からは解放されたが、これだけで済むはずがない。

「な、何を入れた？」

必死に身体をひねって訊ねると、真田はまたにやりと口元を歪める。

「媚薬《びやく》だ。初心者向けのな」

「し、信じられないことを」

「そうか？　いやがるおまえを押さえつけてやるのもいいが、また傷口が開いたら悪いしな。親切のつもりなんだが」

淡々と言う真田に、入江は唇を噛みしめた。

真田は本気だ。本気で自分を仕込むつもりなのだ。媚薬など使われては、もしかしたら自分から真田を求めてしまうかもしれない。

昨夜、強姦《ごうかん》まがいに抱かれた時でさえ快感が走った。自分がどうなってしまうのか、想像するのも恐ろしかった。

だが意地でも気丈にしているしかない。とにかく、なんとか真田の気をそらして。

「ずいぶん、つまらないことを……まさか、あなたがこんなことをするとは……薬の助けを借りなければ、俺を犯せないんですか？」

入江は精一杯虚勢《きょせい》を張って吐き捨てた。

真田はくすりと口角を上げ、獰猛な視線を向けてくる。

「まったく……そういうのが男を煽るってこと、いい加減気づけよ。だが、ま、いつまでその虚勢が続くか見物《みもの》だな」

嘲《あざけ》りのこもった声を浴びせられて、またつきんと胸の奥が痛くなる。

本当に、こんな馬鹿な意地を張る意味はない。すべてをぶちまけて許しを請《こ》えばいいのだ。そうすれば、真田はきっと、こんな風にひどくするのをやめるだろう。

誰にでも優しい。特に弱い者には……真田はそういう男なのだから……。

ぼんやりそんなことを考えていた入江は、媚薬を塗られた内壁が突然ぴくりとうごめいたのを感じた。

「……あ……」

最初はもぞりとした痒《かゆ》みを感じただけだ。だが、素肌《すはだ》をさらしていたせいで、その刺激が快感に直結していたことを知る。

吐きだしたばかりの中心が頭をもたげていた。

「あっ」

気づいた瞬間、また内壁が熱く疼《うず》く。

息を止めても、腰をひねってみても、一度生まれた疼きは消えなかった。それどころか徐々にひどくなっていくばかりだ。

「あ……く、ふ……っ……うぅ」

入江はなんとか気を紛らわせようと、短く何度も息をついた。

けれど、媚薬の効果は絶大で、ますます内壁がうねるように熱くなっていく。

たまらないのは痒みだった。自分で指でも入れて、そこを掻きまわしたい欲求に駆られる。

「あぁ……ふ、くっ……」

入江は絶望的な目で真田を見上げた。

長身の男はベッドのそばに立ち、見せつけるように逞しい上半身をさらしている。

ゆっくりズボンのベルトをゆるめた真田は冷えた声で命じた。

「口でくわえろ」

逆らうこともできず、入江はふらふらと真田に擦《す》りよった。

どのみち逃げることは叶わない。だったら、ここで拒否しようと、言いなりになろうと、たいした違いはないのだ。

それに、中の疼きがますますひどくなっている。これを抑えるにも、真田とのセックスは必要だった。

もうすでに一度はしたことだ。だったら何度しても一緒だろう。

意を決した入江は四つん這いになって真田の腰に手を伸ばした。足首に枷を填められ、後孔に媚薬を塗られた状態で、男のものに口で奉仕《ほうし》する。

それがどれだけ淫《みだ》らな格好か、ちらりと想像しただけで目眩がしそうだ。

立っている真田からズボンを脱がせ、下着も下ろす。

真田の中心は最初から獰猛に猛《たけ》っていた。

蜜液でぬらりと先端が光っている。かさが張り、太い幹《みき》にもくっきりと筋が立っていた。

自分はこんな巨大なものをのみこまされたのだ。

今日もこれから、この杭《くい》で犯される……。

「んぅ……っ」

入江は両手を添えて、太い先端をくわえこんだ。

大きすぎてとても根元までは口に収められない。代わりに手でしごき上げながら先端を舐めた。

「うぅ……ん、む……ふっ……っ」

懸命に口淫を続けると、真田が髪に指を絡めてくる。そっと肩の包帯にも触れられて、何故だか涙がこぼれそうになった。

きっと真田は今も自分の怪我を気遣っている。

そう感じるのは、甘い考えなのだろうか。

けれど、必死に口を動かしているうちに、体内のほうがどうしようもない状態になった。

何もされていないのに、性器が張りつめ、だらだらと蜜をこぼし始める。

「んん、うぅ……う、む……」

入江はいつの間にか口淫に夢中になっていた。無意識に腰を振りながら懸命に口を使う。

そのうちに口中の真田がひときわ巨大に膨《ふく》れ上がる。次の瞬間には両手で頭を押さえられ、激しく腰を使われた。

息もできず、苦しさが最高に達した時、喉の奥に熱い迸《ほとばし》りを浴びせられる。

「んんっ、……っ！」

真田の欲望をすべて飲みこむまで、頭を離してもらえなかった。

「ふう……」

大きく息をついて、真田が腰を退く。

やっと自由になった入江はどっと上体を崩した。

だが、中の疼きはますますひどくなっている。口が楽になっても呼吸は静まらず、鼓動《こどう》もますます高くなっていくばかりだ。

「あ……っ」

入江は潤《うる》んだ目で必死に真田に助けを求めた。

中では媚薬がどろどろに溶《と》けている。熱さも痒みも疼きもたまらなかった。火がついた身体を鎮《しず》めてくれるのは真田だけだ。

「ほしいのか？」

端的《たんてき》に馬鹿にしたように訊ねられ、入江は屈辱にまみれながらも首を縦に振った。

「なら、自分で入れろ」

真田はそう言って、ようやくベッドに乗り上げてくる。

けれど自分で手を出す気はまったくないらしく、胡座をかいただけだ。

達したばかりだというのに、真田の中心はもう天を向いて猛っていた。一度精を吐きだしたぐらいでは少しも萎えていない。

獰猛な猛りに目をやると、さらに内壁の疼きが大きくなる。

もうためらっている余裕もなく、入江はそろそろと真田ににじりよった。

だが、どっちからどうすればいいか判断がつかない。途方《とほう》に暮れて、つい甘えるように真田を見てしまう。

「向かい合わせで入れてみろ。俺の肩につかまって跨《また》げ」

仕方なく命令どおりの格好で真田につかまる。

もう恥ずかしさなど感じている場合ではなかった。

けれど中腰で足を開いた不安定な体勢では、真田の中心はなかなか捉《とら》えられない。

僅かに先端が触れただけで、ぬるりと逃げてしまい、最初からひくついている奥がますます疼きを増す。

「腰を支えてやるから、自分の手で尻を広げてくわえこめ」

「くっ……」

横柄に言われ、入江は屈辱で真っ赤になった。

こんな恥ずかしい目に遭わされてまで、どうしてと思うが、それもまた中から疼きに炙られると、逆らうことはできなかった。

「入れなくていいのか？　媚薬が効いてつらいんだろ？」

両手で腰を支えた真田が嘲るように言う。

入江は悔しさに目を瞑《つぶ》り、そっと自分の手を後ろにまわした。

尻の肉をつかんでそっと広げると、とたんに熱い真田の先端がとろけきった場所にあたる。

「ううっ」

「そうだ。そのまま尻を落とせ」

そそのかされた入江はそっと足の力を抜いた。

その瞬間、太い先端が突き刺さる。

「ああっ」

熱い衝撃で目が眩《くら》んだ。

だが息をつく暇もなく、真田の手に力が入って無理やり腰を引き下ろされる。

「やっ、やぁ……あ……」

入江は細い首をがくっと仰け反らせながら、巨大な真田をのみこんだ。

灼熱《しゃくねつ》の杭がどこまでも入ってくる。疼いてたまらなかった場所をこれ以上ないほどこじ開けながら、奥の奥まで入ってきた。

それと同時に最奥から欲望が迫り上がり、真田を収めただけであっけなく達してしまう。

「もう達ったのか？」

くすっと呆れたように問われ、腹を汚した入江は首を振った。

たまらなく恥ずかしい。だが、欲望を吐きだしただけではまだ足りなかった。

疼いている場所を、もっと掻きまわしてもらわないと、この熱は下がらない。

「もっと、ほしい……もっと、めちゃくちゃにして……もっと」

「呆れた淫乱《いんらん》だ」

「ち、違うっ……媚薬が……だから……っ」

「それだけじゃないだろ」

意地悪く指摘され、入江は再び首を振った。

けれど真田はもうそれ以上焦《じ》らすことはなく、入江の腰をつかんで下から強く突き上げてくる。

揺らされるたびに快感が渦巻いた。

身体中が炙られたように熱くなり、入江も夢中で腰を振る。

「ああっ、あっ……ああっ、いい……もっと、ああっ」

もう、他には何も考えられないぐらい悦楽《えつらく》だけに侵《おか》されている。

媚薬でおかしくなっているだけだ。

頭の隅にある考えが免罪符《めんざいふ》となって、よけい狂ったように求めてしまう。

「あっ、もう、達く……また達く……あぁぁっ」

目の前にある逞しい肩に縋り、懸命に快感を追い続ける。

下から突き上げた真田にひときわ敏感な壁を抉られ、入江は瞬《また》く間《ま》に三度目の精を吐きだした。

「あ……あぁ……ああっ！」

だらだらと白濁を噴き上げている最中、真田が突然入江の身体を反転させる。

楔を深々と突き挿されたままで、片膝を深く折り曲げられて、ぐるっと向きを変えさせられた。

「ああっ！」

衝撃でまた強く感じてしまう。

「まだ足りないんだろ。もっと狂ってみせろよ」

巨大な杭をくわえたままで真田に背中を預ける格好だった。それで両足を開かされると、さらに奥まで串刺《くしざ》されてしまう。

足の間では、また節操《せっそう》もなく性器が勃《た》ち上がっていた。

もう何度達したのか、わからなくなっていたが、それでもまだ犯してほしかった。

頭はすでに朦朧《もうろう》となっている。中で脈打っている真田だけが現実で、あとはまるで霞《かすみ》がかかったようだった。

だから、入江はドアがノックされたことにまったく気づかなかった。

「今、手が離せない。入れ」

真田の声が聞こえた時も、深く考えるでもなく甘えるように首を揺らしただけだ。

「失礼します……あっ！　わ、わ、わ……」

素《す》っ頓狂《とんきょう》な叫びに、入江はようやく目を開いた。

「！」

ドアを開いて顔を覗かせたのは、隼人だった。

食器を載せた漆《うるし》塗りのお盆《ぼん》を持っているが、それをカタカタ揺らしている。

「何してる？　頼んでおいた入江の食事だろ？　さっさとそこのテーブルに置いていけ」

真田はゆっくり入江を突き上げながら言う。

「やっ、やめろ！　こ、こんなこと、……ああっ」

抗議《こうぎ》したとたん、ひときわ強く最奥を抉られる。

入江の泣きそうに眇《すが》めた目は、いやでも隼人の顔をとらえた。

呆れたようにぽかんと口を開け、呆然と立ち尽くしている。

今まで服従を捧《ささ》げていた若頭の入江が男に犯され、嬌声を上げているのをしっかり見せつけられて、ただ立っていることしかできないといった様子だ。

「いや、だっ……ああっ、やあ……ぁ」

入江は夢中で首を左右に振った。それでも許されずに、とろけた場所を激しく犯される。

惨めさと気持ちよさ、二つがない交《ま》ぜになって、よけいおかしくなる。

真田はわざと見せつけたのだ。

入江はもう皆の信頼する若頭ではない。

ただ男の欲望に奉仕するだけのものに堕ちたのだと、わからせるために。

隼人が姿を消してからも、真田は入江を犯し続けた。

最後の意地が崩れ去り、あとはもう壊《こわ》れた人形のように揺らされるだけだった。

それでも真田の愛撫を受け、逞しいもので突かれると、嬌声を上げながら達き続ける。

狂乱の時は明け方近くまで続いた。

どろどろに疲れた身体がぴくりとも動かなくなった頃、耳元で真田の声がした。

「入江、薬の時間だ。いい子だから、ちょっとだけ口を開けろ」

ぐったりした上体をかかえられ、口の中に苦いものが押しこまれる。

「さあ、今度は水だ」

口移しで冷たい水も飲まされた。

こくりと嚥下《えんか》して、薄目を開ける。

間近に真田の澄み切った目があった。信じられないことに、瞳には優しげな光が射している。

ああ、いつもの目だ……。

よかった……元に、戻ったんだ。いつもの優しい……。

安堵《あんど》したと同時、急に睡魔が襲ってくる。

「何も心配せずに、ゆっくり寝ろ」

この声も優しい真田のものだ。

入江は安心しきって、子供のようにこくりと頷いた。

真の闇が訪れたのは、そのすぐあとだった。

7

その日は、いつも静かなはずの邸内が騒がしかった。

ぼんやり見えているのは天井だ。片隅がうっすらと汚れている。

ちゃんと掃除させないと駄目だな……。

そんなことを考えているうち、徐々に意識がはっきりしてきた。

廊下を慌ただしく行き来する足音が聞こえる。窓の外からも物音がした。

カーテンの隙間から陽射しが一筋、長く伸びている。

となれば、今日は早めに目覚めたらしい。この睡眠薬にも身体が慣れてしまったようだ。

ぼうっとしながら、そんな埒《らち》もないことを考える。

この部屋に繋がれてから、もう何日経っただろうか。

夜どおし真田に犯されて、悦楽に狂わされる。もう媚薬など使われなくとも、死にそうなほど感じるようになってしまった。尻に男をくわえこんで、はしたない嬌声を上げるように調教されてしまったのだ。

本来なら子供の頃に、そんな身体に仕込まれるはずだった。今になって、まさかその運命から救ってくれた真田自身の手でこうなろうとは、思ってもみなかったが……。

明け方、どろどろになった身体を清められ、最後の仕上げで薬を飲まされる。

一人で置いておけば何をしでかすかわからない。用心のためだ。昼間はずっと眠ってろ。

それが真田の言い分だった。

しかし、たっぷり睡眠を取らされていても、身体から気怠《けだる》さが抜けることはない。

怪我のほうはさすがにもうよくなっていたが、毎晩死ぬほど責められているのが堪えていた。

呆れるのは真田の体力だ。夜どおし入江を抱いておきながら、昼間もきっと忙しく動きまわっているのだろう。

どこかで仮眠ぐらいは取っているはずだが、本来自分のものであるこのベッドを、真田がそういう目的で使うことはなかった。

やはり、真田のほうが若い。そして、王者たるもの、それぐらいでなければ……。

入江はうっすらと微笑んだ。

だが、その時、窓の外から、ひときわ大きな声が聞こえてくる。

「いいか、屋敷に残る奴も油断するんじゃないぞ！」

「はい！　皆さんも気をつけて！」

「おお！」

あの声は幹部の一人。答えていたのは隼人の声だ。

まるで組員が総出でどこかへ乗りこむような勢いで……。

そこまで思って、入江ははっとなった。

がんと頭を殴られたような衝撃を感じる。

そしてここ何日かで初めて頭がまともに働き始めた。

間違いない。音羽組と何かやらかす気だ。邸内が慌ただしかったのも、その準備のためなのだろう。

「冗談じゃない！」

入江はベッドから跳ね起きた。

ぐらりと目眩がしたが、そんなことにかまってはいられない。

だが入江はベッドから下ろそうとした自分の足を見て、絶望的な気分に陥《おちい》った。

左の足首に填った枷。そこから長く伸びる鎖。

行動範囲《はんい》はこの部屋の中のみ。外へ出ることは叶わない。

忌々《いまいま》しさに舌打ちしつつも、入江は諦めきれずに足枷を調べた。

とにかく緊急《きんきゅう》事態だ。どうにかして外すことはできないか？

鎖を繋いだベッドのほうも見てみるが、いくら力を入れてもびくともしない。最後には、ガチャンと音をさせて鎖を放りだすはめになった。

鍵は真田が持っている。鎖を断ち切ろうにも、この部屋にそんな道具はない。

入江は焦燥《しょうそう》に駆られた。

こうしている間にも、真田はどんどん危険に近づいていっているはずだ。

それだけは、なんとしても避けなければ。

自力で枷を外すのを諦めた入江は、鎖をジャラジャラ引っ張りながらドアに駆けよった。

外から鍵が掛けられていて取っ手を倒せない。仕方なく入江は力任せにドアを叩いた。

「隼人！　開けろ！　ここを開けてくれ！」

大声で叫びながら激しく拳《こぶし》を叩きつける。

音羽組は何かと裏のある組織だ。武器の密輸にも手を染めており、他の組織との抗争を起こすこともためらわない。今までいくつもの組織がその犠牲《ぎせい》になっていた。

「早く開けろ！」

手に血が滲むのではないかと思われた頃、ようやく外に反応がある。

「何かあったんですかっ？」

焦ったように言う声は隼人のものだ。

そしてドアが勢いよく開いたと同時に、入江はその隼人の胸ぐらをつかんだ。

自分より一回り、いや二回りは体格のいい男だが、目一杯の力で締め上げる。

「わ、若頭……」

日頃は腕自慢《うでじまん》の隼人も、あまりの力に顔を赤くして情けない声をだす。

「俺をここから出せ」

入江は真田組若頭として、威圧的に命じた。

枷さえなければ、このまま腹に拳を叩きこんでやるところだが、隼人を気絶させてしまっては元も子もない。今の自分にとって、唯一《ゆいいつ》外に出る手段を握っている男だ。

入江の迫力に、隼人はたじたじになっていた。

「む、無理っすよ……鍵は社長が持ってるんです。スペアもない」

「その社長はどこへ行った？」

「そ、それは……」

隼人はばつが悪そうに横を向く。

入江は思わず舌打ちした。

が、その時、隼人は思いもかけない行動に出た。一瞬の隙をついて、さっと後ろに大きく身体を退いたのだ。

入江の手は隼人から離れてしまった。しまったと思った時には、もう隼人は手の届かない距離に避難《ひなん》している。鎖はいっぱいに伸び切った状態で、これ以上は一歩も前に進めなかった。

「隼人、おまえ……」

「すんません、若頭……社長の命令なんで」

鋭くにらみつけると、隼人は何故か顔を赤くする。

隼人が見ていたのは入江の肌だった。動きまわったせいで薄いガウンがめくれ、首筋から胸にかけて、素肌が剥きだしになっていたのだ。

そこには真田に嬲られた痕《あと》が生々《なまなま》しく残っている。そういえば、隼人は真田に犯されている現場を目撃している。あらぬ妄想《もうそう》に駆られたとしても仕方がないだろう。

入江は瞬時に冷静さを取り戻した。

「鍵がないなら仕方ないな。隼人、せめて教えろ。皆はどこへ出かけたんだ？」

「そ、それは、その……」

困ったように口ごもっている隼人に、入江は淡々と続けた。

「だけど、腕自慢のおまえを連れていかないなんて変だな。おまえ、シノギで何か失敗でもやらかしたのか？　皆が出払うほどの時に留守番とは情けない」

単純な隼人は、今度は怒りで真っ赤になる。

「俺は何もしてないっす！　ただ、お、俺は若頭の番だから……その、しっかり見張ってろって」

「俺の見張りか……そんなもの、下っ端の新入りにやらせておけば充分だろう。おまえ、社長と何かあったのか？　さっきの騒ぎ、もし抗争だとしたら、イキのいいおまえを残しておくなんて、あり得ない」

「別に、何もないっすよ、俺は……その……社長のほうは、知らないっすけど……」

隼人の声には勢いがなく、入江は内心でほくそ笑んだ。

血気《けっき》盛んな隼人は、やはり皆と一緒に行きたかったのだろう。存分に暴れられそうな機会など、滅多にあるものじゃない。なのに屋敷に残されて、ただひたすら入江の見張りでは、不満も募ろうというものだ。

「隼人、おまえ……俺を抱きたいのか？」

入江はもう一押しとばかりに、婉然《えんぜん》とした笑みを浮かべた。

その一言で、隼人はぎょっとしたように硬直した。とっさには否定もできない様子に、入江はさらに言葉を続けた。

「この前、散々見せつけられたんだもんな……いいぜ、隼人。おまえがやりたいなら、抱かせてやる。特別に許してやってもいい」

信じられないように口をぱくぱくさせている隼人を、入江は優しく手招きした。

「取りあえずこっちに来いよ、隼人。そこじゃ遠すぎて話もできない」

さらににっこり笑ってやると、隼人はふらふらと操《あやつ》り人形のように近づいてきた。

手が届いたところで、入江はそっと隼人の頬を撫でてやった。

「わ、わ、若頭……っ」

「震えているのか、隼人？　初《うぶ》な奴だな」

「お、俺は何も……べ、別にそんなことは……ひ、人が悪いな、若頭」

舌をもつれさせている隼人を見て、さすがに気の毒になってくる。だが目的を果たすまでは、心を鬼にしなければならない。

「迷ってるなら、何も今すぐ決めることはない。俺は逃げやしない……それより音羽組のことだ。今、社長が音羽に向かっているなら、絶対耳に入れておかなきゃいけない情報がある。俺はすっかり信用をなくしてしまったからな。社長には進言しようと思ってたんだが、聞いてもらえなかった。全面抗争、ってわけじゃないなら、まあいいが……もしそうなら、かなりやばい」

入江はじっと隼人の目を見つめながら、わざとらしくため息をついた。すると隼人は不安げに視線を彷徨《さまよ》わせる。

おそらく今得た情報がどんなものか、思案しているのだろう。

「それ、本当なんすか？」

「どっちがだ？　俺を抱かせてやるって話か？　それとも音羽のことか？」

「お、音羽のことですよっ！」

隼人はむきになったように声を荒げた。

これで完全にこっちのペースだ。

「俺は確かに社長に隠し事をした。しかし、真田組を裏切った覚えはない。それより……早く知らせてやらないと、大変なことになるが」

入江は、再び込み上げてきた内心の焦りを抑え、ぼやくような調子で告げた。

「じゃ、どうすればいいんすか？　俺があとを追っかけてって知らせてきましょうか？」

「おまえじゃ無理だ。けっこう込み入った話だから、俺が自分で説明しないと、肝心《かんじん》なところが伝わらない。しかし、どうしたもんか……」

　駄目押しに腕組みをしてため息をつくと、隼人は急にそわそわとし始めた。

「じゃあ、早く社長に……って、若頭……その鎖……」

　隼人が指さした左の足首には枷がかかっている。素肌にガウンしかまとっていないので、白い素足に填められた枷は、無粋《ぶすい》でかつ艶《なま》めかしく映った。

「そうだな。鍵のスペアもないんじゃ、叩き切るしかないか。納屋に斧《おの》があっただろ？　あれで……いや、ガスバーナーで焼き切ったほうが早いか」

「なんか、それ、危なくないっすか？　もし若頭に怪我なんかさせたら、俺が社長に殺されてしまいますよ」

　ぼやいた隼人に、入江は笑みを深くした。

　隼人はもはや完全に入江を逃がす気になっていた。ただ鎖の断ち切り方が問題だと言っている。確かに斧で叩き壊せるとは限らない。ガスバーナーにしても、鎖を溶かすほどの火力となれば、室内で使うには問題があった。何より、たとえ鎖を切ったところで、枷はそのままなのだ。

　そこで入江はふっと思いついた風に、隼人に問いかけた。

「おい、隼人。屋敷に残っている者の中に、誰かこういう鍵を外すのが得意な奴、いないか？

誰か一人ぐらい手先の器用な者がいるだろ？」

「あっ、それならいい奴が残ってます！」

威勢《いせい》のいい答えが返ってきて、入江は心底安堵した。

「じゃ、早くそいつを呼んできてくれ」

「はいっ！　今すぐ！」

隼人は元気のいい声を上げ、脱兎《だっと》の如《ごと》く廊下を駈けだしていく。今や完全に味方となった頼もしい巨体を見送りながら、入江はほうっと大きくため息をついた。


隼人が連れてきた若い者に鍵を外させて、入江は久しぶりに真田の部屋を出た。

身体はまだふらついているが、とにかく自室に飛びこんで手早くスーツを身につける。

隼人は玄関で車を用意して待っていた。

だが鍵を外すのに思ったよりも手こずり、入江が事件に気づいてから車を出すまでに、もう二時間近くを費《つい》やしてしまっている。

隼人に命じて真田のあとを追わせながら、入江は不安に駆られていた。

話によれば、真田は音羽からの呼びだしに応じた形で出かけたのだという。行き先は江東区《こうとうく》の倉庫街《そうこがい》。中には音羽組が事務所代わりに使っている建物もある。つまりは、完全に相手のテリトリーだ。

真田は音羽組の上層部《じょうそうぶ》と何度かやり取りを交わしていたらしい。

補償金の取りまとめは入江がほぼ終わらせていた。音羽組は最終的な段階で美味しいところを横からかっさらおうとしていたのだから、今さら末端《まったん》の業者には手を出してこない。入江が持っていた権利そのものを奪う気なのだろう。

入江をねらったのは、その前段階の脅しだ。仮にあの場で入江が命を落としていれば、話は白紙に戻る。しかし下地はできているのだから、再度取りまとめるのに苦労はない。

脅しをかけて手を引かせるか、入江の存在そのものを消して権利を奪うか、音羽にしてみれば、どっちに転んでも損はない話だった。

仁義《じんぎ》も何もない。これでは底辺のチンピラがやる喝上《かつあ》げと一緒だ。

真田は絶対にこういうやり方を嫌う。

親譲りで、礼のない行いが大嫌いな男だ。しかも今回は、身内である入江が傷つけられている。音羽に喧嘩を売られて、逃げるはずがない。

心配なのは、真田が珍しく舎弟に武器まで持たせて出かけたことだ。初代や先代の頃とは違い、今の世の中では拳銃《けんじゅう》を所持しているのが見つかっただけで、へたをすれば真田自身が逮捕《たいほ》されてしまう可能性がある。

それにも関わらず武器を持ちだしたのは、それだけ危険を感じているという証だった。

隼人の情報では、会談が持たれるのは午後の二時。少し安心できる要素があるとすれば、その指定された時間帯だけだった。今日は休日で、倉庫街にはさして人はいないだろう。しかし明るいうちから往来《おうらい》で撃《う》ち合いになるとは考えにくい。早めに出かけた真田は、当然まわりの状況を調べ、なんらかの対抗策《たいこうさく》を立てているだろう。

しかし、全体の条件が不利であることは否《いな》めなかった。

入江を乗せた車はスピードを上げて海岸を目指していた。だが休日にも関わらず、道路は混み合っていた。

「まだか、隼人？」

助手席の入江は苛立ちのままに、運転している隼人に訊ねた。

「すんません、どうにも動かねぇ。ちっ、銀座なんかとおるんじゃなかった。遠回りでも違う道を行っときゃ」

答えた隼人も、苛立ちと焦りが頂点に達しているようだ。ブレーキの踏み方が徐々に乱暴になっている。

もし、万が一、真田に何かあったら……！

駆けつけるのが間に合わず、真田の盾《たて》にさえなれなかったとしたら！

赤信号で停止するたびに、胃が迫《せ》り上がってくるような恐怖を覚える。

大事なのは真田だけだった。真田さえ無事なら、他の者はどうでもいい。自分の命はもちろんのこと、本心を言えば、ここにいる隼人や他の舎弟たちの命も、入江にはどうでもよかった。

どうして、こんなにも真田のことだけが気掛かりなのか。

自分に新たな人生を与えてくれた真田を守らなければならない。

しかし、もうそんな義務感など、どこかへ吹き飛んでいた。

真田を大切に思うのは、今に始まったことじゃない。けれど、本当に真田を失うかもしれないと思うと、恐怖で気が狂いそうだった。

自分の気持ちが自分でもつかみきれない。もしかしたら、真田に犯されてよがり狂ったせいで、本気でおかしくなったのか。

焦る思いとは裏腹に、窓から見える景色は遅々《ちち》として進まない。

舌打ちしそうになった時、入江はふっとあることを思いだして携帯を手にした。

呼びだしたのは若宮だ。

『なんだ、入江か。おまえ、若に閉じこめられてたんじゃないのか？』

電話に出た若宮はのんびりした調子で揶揄《やゆ》する。

入江はかっと羞恥と怒りに駆られながらも、冷静な声を出した。

「すみません、若宮さん。社長が音羽に向かったので、今、俺も追いかけているところです」

単刀直入《たんとうちょくにゅう》に言うと、さすがの若宮もしばし黙りこむ。

やがて聞こえてきたのは、ため息混じりの声だった。

『やっぱり行ったか……俺は一応止めたんだがな』

「一応、止めた？　若宮さん、止める気があったなら、何故もっと強く言ってくれなかったんですか？　あなたが本気を出せば、阻止できたはずでしょう。あなたは元、真田組の幹部。今でも真田とは親戚《しんせき》付き合いだというのに」

入江は怒りを再燃《さいねん》させながら糾弾した。

若宮を真田から追いだし、忠告を無視したのは他でもない、入江自身だ。今さら若宮を責める資格はない。それはよくわかっていたが、言わずにはいられなかった。

案の定、携帯からは大きく舌打ちする音が聞こえる。それでも入江は謝る気にはなれなかった。

『どれだけ勝手なんだ、おまえは！』

「今さら言われるまでもありません。それより若宮さん、音羽の弱点、何か知りませんか？」

『そんなもん、知らねぇよ。音羽のことならおまえのほうが詳しいだろうが。知ってたら、とっくに若に教えている』

「そうでしたね。申し訳ありません。それじゃ、切ります」

『おいっ、若はどこへ行ったんだ？　教えろ、入江！』

若宮は今頃になって焦ったように喚《わめ》いた。だが、入江は躊躇もなく携帯を切った。

助けにならない者と話している暇はない。

入江はリストの中からもう一つの名を探しだした。そして深く息を吸いこみ、しっかりと決意を固めてからボタンを押す。

コール音が響き、さして待つほどもなく目的の人物の声が応える。

『おお、入江か。おまえから連絡してくるのは久しぶりだな』

「館林さん、ご無沙汰しておりまして申し訳ありません。今日は折り入ってお願いがありまして」

『なんだ？　おまえの願い事なら、聞いてやらんでもない。さっそく今日の夜にでも、うちの事務所まで来るといい』

「いえ、申し訳ないのですが、それでは遅い。うちの真田が勇《いさ》み足《あし》で駆けだしていってしまったので、なんとか止めたいのですが、残念ながら決定的なカードが見つからないのです」

『音羽か？』

短く問われ、入江も、はい、とのみ答える。

呼びだしたのは東和会の館林だった。一度でも頼ってしまえば、借りを作ることになる。館林は、当然その借りを取り立てるだろう。つまり入江は、館林の元に来いという誘いに応じなければならなくなるのだ。

できれば避けたかったことだ。しかし、今はもう背に腹は代えられない。事態は差し迫っており、さすがの入江も手持ちのカードだけでは勝算がなかったのだ。

『そうだな、急なことになっているなら、西日本連合の若頭の名を出してみろ』

「西日本連合の若頭……」

入江はそう呟いたきりで黙りこんだ。

同じ『若頭』という立場でも、西日本連合は日本一の指定組織だ。何層もの下部団体を有し、その組織に属している極道の数は数万ともいわれる。そのうえ東和会にしてみれば、西日本連合は敵対勢力ということになる。確かに今は、組同士の抗争など起こすほうが珍しい。それでもこの場面でその名が出るというのは驚きだった。東和会の看板を背負ってのいざこざならともかく、末端組織同士の争いに出てきていい名前ではない。

『音羽が横取りしようとしている件に、西日本の若頭が興味を持っているとでも言っておけ。根回しはしておいてやる』

「ありがとう、ございます」

最後の手段と館林に連絡したものの、出てきた名前の大きさに、入江はそう言って携帯を切るのがやっとだった。

だが、これでジョーカーは手に入れた。

この騒ぎにけりがつけば、入江はもう真田組にはいられなくなるだろう。だが、真田を傷つけずに済むなら、それでいい。

いずれにせよ、真田には必要ないと宣告された身だ。このまま真田に抱かれるだけの存在になるぐらいなら、むしろ遠くに離れていたほうがいいのかもしれない。

子供の頃からずいぶん長い間、真田を見てきた。

いつから、どうして、こんなに惹《ひ》かれ、執着するようになったのか、自分でもよくわからない。

真田に向ける思いが、燃えるような恋情なのかどうかも、わからなかった。

はっきりしているのは、絶対に真田を失えないという一点のみだ。

真田を傷つけようとする者は許さない。命に代えても排除《はいじょ》する。

それだけが、入江にとっての生きる意味だった。

「もうすぐですよ、若頭！」

物思いに耽《ふけ》っていると、ふいに隼人が話しかけてくる。

車は高速下の信号を左折するところだった。建てこんだ銀座の街並みを抜けると、急に道路が広く感じられる。目的地まで、あと少しのところまで来ていた。


隼人が車を停めたのは、橋を渡ってすぐの場所だった。

工事中なのか道路が封鎖《ふうさ》されており、倉庫街の敷地にくいこむように迂回路《うかいろ》ができている。

しかし、これは偽装だった。

「なんだ、うちの奴らですよ」

隼人が不満げに言うのも道理で、紺色の制服でヘルメットを被り、赤い誘導《ゆうどう》用の棒を振っている者の顔には見覚えがあった。他にも作業服を着こんだ者が何人かいる。

入江は素早く車を降りた。

とたんに寒風《かんぷう》が吹きつけてきて、コートなしだった入江はほんの一瞬身体を丸く縮めた。

空は雲一つなく晴れ渡っている。典型的な西高東低冬型の気圧配置というやつだろう。

「おい、おまえら、状況はどうなってる？　社長はどこだ？」

立て続けに訊ねると、舎弟たちは驚いたように顔を見合わせた。

閉じこめられていた入江が姿を現したことに、不審を覚えたのだろう。それでも中の一人が入江の問いに答える。

「社長は幹部三人と一緒に、音羽の事務所に行きました」

入江はぎょっとなった。

「たった三人しか連れていかなかったのか？　どういうことだ？　おまえたちはここで何をしてる？」

怒声を上げると、舎弟たちが慌てたように両手を振る。

「わ、若頭！　お、俺らも止めたんです。どうせなら人数揃えて出向いたほうがいいって。だけど社長が、おまえらはここで堅気の人間が入ってくるのを止めろって」

「もしサツが目ぇつけてきたら、できるだけぎりぎりまでごまかして、介入を避けろって。この区画に入る道路があと二本あって、他の連中はそっちにまわってます」

「くそっ！」

悪態をついた入江はそのあと、ぎりっと奥歯を噛みしめた。

このエリアは埋め立て地だ。運河を越えてこの地に至る進入路は限られている。船でも使えば別だ。しかし移動手段が車なら、その道路さえ封鎖してしまえば、中で何が起きようと気づかれることはない。

真田が舎弟たちを橋のそばに配置したのは、一般人を巻きこまないための配慮《はいりょ》だ。休日とあって、倉庫で作業をしている者は極めて数が少ないはずだ。当然そちらも事前に調べてなんらかの手を打っているだろう。

しかし、この埋め立て地は丸ごと音羽のシマだと見ていい。そのど真ん中にある事務所に、そんな少人数で乗りこんでいくなど、考えられない暴挙《ぼうきょ》だ。

「音羽の事務所はどこだ？」

入江は舎弟の一人をつかまえて、作業服の襟首を締め上げた。

「こ、この先の倉庫の二階です。あ、あれ……あの青い屋根の」

指さされた建物を確認したと同時、入江は走りだした。

「わ、若頭！」

「おまえたちはついてくるな！　俺が様子を見てくる。おまえたちは社長の指示どおり、油断せずに待機してろ！」

入江が怒鳴ると、一緒に走りだそうとした舎弟たちの足がぴたりと止まる。だが、隼人一人だけは、あとから必死に追いかけてきた。

がらんとだだっ広い敷地には境界線などない。コンクリートの上に、黄色や白でトラックや作業車の誘導ラインが引かれているだけだ。

目的の倉庫まではかなりの距離があった。コンテナがあちこちに並んでいるので、入江と隼人はその影を伝うように近づいていった。

どうせ音羽の見張りが出ているだろう。見つかるのは時間の問題としても、あまり早くから相手を刺激するのは得策ではない。

倉庫の入り口まであと一息というところで、入江は隼人を振り返った。

体格がよく、柔道《じゅうどう》や空手の心得もある。自分の腕っぷしには自信を持っているはずの隼人だが、いざ実戦となれば経験の浅さが出る。

「おまえ、怖くないのか？」

訊ねたとたん、隼人は気負《きお》ったように、ぶるぶるっと左右に首を振った。

「冗談じゃないっす。これぐらいで怖がってられませんって」

「じゃ、おまえは後ろに下がってろ。俺は怖いから先へ進むけどな」

「は？」

隼人は訳がわからないといったように、ぽかんとなった。

入江はにやりと笑いかけてやる。

「隼人、こういう時は怖いのが当たり前だ。怖くないとか言ってると、早死にするぞ」

「わ、若頭……」

「できれば、ここに残っていたほうがいい。だが、おまえの好きにしろ。万一のことがあれば、俺は蜂《はち》の巣《す》にされても社長を守る。俺が倒れたら……」

その先は、口には出せなかった。

だが言いたいことはわかったのだろう。隼人は大きく首を縦に振る。

「若頭が倒れたら、俺が社長を守ります」

「ありがとう」

頼もしい言葉に入江は心からの礼を言った。

そしてもう後ろは見ずに、コンテナの影から姿をさらして歩きだした。

目指す倉庫は目の前だ。

シャッターが大きく開けられ、中にもコンテナがやその他の大きな荷物が積み上げられているのが見えた。東京湾沿《わんぞ》いにはこんな倉庫が無数にある。

入江が隼人を従えて堂々と中に入っていくと、すぐに両脇から人相の悪い男たちが飛びだしてきた。

「なんだ、てめぇは?」

「何しに来やがった?」

凄んだ男たちは、揃って内ポケットに手をやっていた。脅しではなく、本当に銃を所持しているのだろう。

ひやりと背筋に汗が伝うが、怯んでいる場合ではない。

「俺は真田組の若頭、入江だ。うちの社長がここに来ていると思うが、そこまで案内してくれ」

入江が言うと、音羽の舎弟たちは、けらけらと笑い始めた。

そして散々笑ったすえに、いかにも馬鹿にしたように入江の頭から爪先までを舐めるように眺める。

「ほお、ずいぶんな美人だ。あの組長、若造のくせしてけっこう威張《いば》りくさってやがったが、おまえ、あいつのオンナか? そんでそこの図体《ずうたい》がでかいのは、若いツバメってやつだろぉ?」

「野郎! 何をぬかす!」

後ろにいた隼人は我慢ならないといったように凄んでみせる。

「隼人、相手にするな」

入江はすかさず隼人を諌めた。

「わ、若頭……」

隼人は悔しげに呻いたが、それでも命令どおりに大人しくなる。

入江は改めて音羽組の強面に向き合った。

「音羽がほしがっている仕事の話だ。うちの社長と交渉するようだが、残念ながら詳細は俺しか知らない。入江が来たと伝えてくれ。それで上には通じるはずだ」

気負いもなく、微笑まで浮かべて言った入江に、音羽組の者は顔をしかめた。しかし、中の一人が仕方なさそうに意向を伺いにいく。

さほど待つこともなく、入江は中に案内されることになった。

「おい、武器を持ってないか、検《あらた》めさしてもらうぞ」

ドスの利いた声に、入江はゆっくり両手を上げた。

脇腹から足の間までしっかりと検査される。もともと丸腰だったので何も問題はない。だが、一方的な態度は腹に据えかねる。

「そっちはどうなんだ？　懐に何か硬《かた》いものを隠し持っているようだが」

入江が目を細めると、いきり立った音羽の一人がさっと手を振り上げる。だが、後ろにいたもう一人が素早くその男の腕を押さえた。

「中にいる人間は何も武器を持っていない。うちの者もだ。案内する。こっちだ」

言い返したのは、互いに五分の立場なのだと認めさせるため。最初から深く追及するつもりはない。入江は案内に従って素直に歩きだした。

倉庫の壁の中央に鉄階段があって、靴音《くつおと》をさせながら上っていく。二階の通路は倉庫を一周していたが、部屋があるのは奥の一カ所だけで、あとは機械を操作するための足場になっていた。

「連れてきました」

「おお、入れ」

ガチャリとドアが開けられて、中に入るように促される。

室内に足を踏み入れたと同時、入江はすばやく視線を巡らせた。

かなり広さのある部屋だ。奥まった場所に、長方形の大きな木製のテーブルが据えられている。会議にでも使うのか、二十人以上は座れるようになっていた。そして今、そのテーブルの向こう側に小太りの男がふんぞりかえっている。それに向かい合う場所で、スーツの背を見せていたのは、真田だった。

まだ無事だ。どこも傷つけられていない。

入江は心の底からほっと安堵した。

だが振り向いた真田のほうは驚愕《きょうがく》で精悍な顔を引きつらせる。まわりに気づかれるほどではなかったが、明らかに、何しに来たと、怒声が聞こえてきそうな雰囲気だ。

それでも入江は、真田の無事を確認できただけで、神か仏《ほとけ》に感謝したくなる気分だった。

「入江というのはあんたか？　ずいぶんやり手だそうだな。今、お宅の組長に、あんたが進めていた一件に、うちも一枚噛ませてもらえないかとお願いしていたところだ。本人が来たなら話が早い。あんたもそこに座ってくれ」

テーブルについている小太りの男が案外丁寧な口調で言う。

年は五十そこそこといった感じだ。髪を短く刈《か》っており、色の黒い厳つい顔をしている。ぎょろりとした大きな目と分厚い唇が、いかにも押しの強そうな印象を与える。

おそらくこの男が音羽の代表だろう。

まわりには黒服にサングラスというお決まりの格好をしたボディガードが十人ほど立っている。対して真田が連れてきた幹部三人は、出口付近に控えていた。三人とも古参《こさん》で腕のほうも確か。実戦になった時には頼りになる者たちだ。真田の人選に間違いはない。

しかし、中の人間は武器を持っていないという話だが、信用などできるはずもなかった。仮に素手での乱闘《らんとう》となったとしても、多勢に無勢。厳しい争いになるは必至《ひっし》だろう。

ここは穏便にいくしかない場面だった。

「俺が入江です。失礼します」

入江は短く挨拶して、真田の隣に腰を下ろした。

真田がどういう段取りで話を進めていたのか確認するまでは、へたに口を開けない。

「わざわざ、おまえが来ることもなかったと思うが、まぁいい……音羽さん、そっちの要求は補償金の半額、ということでしたね」

「ああ、そうだ」

「だが、段取りをつけたのは、ここにいる入江だ。あんたのところは何もしていない。ただで半分よこせはないでしょう」

真田は不貞不貞《ふてぶて》しく腕組みをして、音羽を見据える。

テーブルの向こうの音羽は、鼻で笑っただけだ。

室内にはピリピリとした緊張感が漂っている。真田と音羽、二人以外は固唾をのんで成り行きを見守っている感じだった。

「若造が……生意気言ってんじゃねぇぞ。そこのやり手のお兄さん、最近どっか怪我したんだってな。見たとこ、たいしたことはなさそうで、よかったじゃねぇか。命あっての物種《ものだね》っていう言葉もあるからよ」

やはり、丁寧なのは最初だけのようだ。音羽はにやりと、いやな笑みを浮かべながら圧力をかけてくる。

しかし真田はわざとらしく肩をすくめてみせた。

「まったく……あんたみたいな人と同業だと思うと、泣けてくる。だが、まぁ仕方ない。命あっての物種だっていうのは確かだ。いいでしょう。条件をのみますよ」

あっさり言った真田に、入江は息をのんだ。

さすがの音羽も唖然としたように目を見張っている。ややあって、その目が疑り深そうに眇められた。

「本気か？」

「嘘をついて、どうなります？　こうして書類も揃えてきた。どうぞ、お好きなだけ確認を」

真田は淡々と言って、横の席に置いてあったシルバーの薄いブリーフケースを開けた。中から書類を出して、音羽のほうに押しやる。

入江は真田の真意がつかめず、ただ様子を眺めているしかなかった。

音羽は出された書類に真剣に目をとおしている。後ろに控えていた秘書らしき痩せた男にもその書類を見せて確認させていた。

「確かに、間違いはないようだな……あんたは、なかなか話のわかる人だ」

音羽はいかにも機嫌がよさそうに頬をゆるめた。腹でいくら儲かるか考えているのだろう。だらしなく下卑た顔だった。

不快感で入江は眉をひそめた。

もしかして、真田は本気で半分渡すつもりでは？

基本的に争い事が嫌いな真田なら、充分にあり得る話だ。

そんな疑心暗鬼《ぎしんあんき》に駆られた時、真田がまた静かに口を開く。

「ところで、その書類に判を押すのはいいのですが、音羽さんには、別件でも商談があるんですよ。いいですかね？」

「商談だと？」

首をひねった音羽に、真田はまた新たな紙をブリーフケースから取りだした。

「これがそのリストなんですが、全部で何軒だったかな」

とぼけた言い方に、音羽はますます不審げな表情になる。

だが、そのリストに視線を落としたとたん、音羽の顔が怒りでどす黒くなった。

「おいっ、なんだ、これは？　なんで、おまえがこんなもんっ！」

喚き散らす音羽を、真田は冷たい笑みを浮かべながら見ている。

それで、ようやく入江にも、真田がやったことの想像がついた。

「ピンキー、ダイアン、それからどん吉チェーン……音羽コーポレーション、フロント企業としては、なかなか手広く商売をしておられますね。ただ株の分散先が問題でしたね。投資の名目であちこちに押しつけられたのですか？　買い取りたいと言ったら、ずいぶん喜んでもらえました」

真田はおかしげに説明する。

音羽が表の世界で主力としていた会社の株を取得したのだ。それが五十一パーセントに至れば、その会社は事実上真田のものになる。

「き、貴様！」

音羽は憎々《にくにく》しげに真田をにらんだ。

「先程の契約書に判を押すのは、まずこちらの株を買っていただいてからということで、よろしく」

入江は舌を巻いた。

短い期間でよくここまで合理的に音羽を追いつめる手段を講じられたものだ。

ちらりと窺った顔には、驕《おご》りなどなく、ただ確固とした力強さだけがある。

入江はそんな真田を、心底誇らしく思った。

だが、その刹那、音羽がガタンと音を立てて席を立つ。

「おまえだな？　裏で筋書きを書いたのは……」

音羽は低く唸るような声を出した。

はっと気づくと、音羽は入江のほうをにらみつけている。恨みどころか、狂気すら感じられる視線に、背筋がざわりとなった。

危ない！　この男は危険だ！

本能的な恐怖を感じて、入江もすかさず腰を浮かした。

ほぼ同時に、音羽の右手がテーブルの縁《ふち》に伸びる。音羽が探ったのは作りつけの抽斗《ひきだし》だった。

ドクンと心臓が撥《は》ねる。

油断した。真田と入江が座った側には、そんな抽斗はなかったのだ。

「おまえを始末し損ねたのが失敗だった。おまえさえ殺しておけば！」

不気味な声を出した音羽は、恐れたとおり銃を手にしていた。

テーブルの幅は二メートル弱。音羽は真っ直ぐ入江にねらいをつけた。

身体中が硬直して、身動《みじろ》ぐこともできない。喉の奥がからからに渇いた。

早く逃げろ！　今のうちに！　音羽がねらっているのは俺だ！

入江は声にならない叫びを上げた。

真田さえ逃げられるならいい。真田じゃなく自分が撃たれるのならいい。

入江は息を止めたままで銃口を見据えた。

セイフティーガードがカチリと外れる。

「入江！」

ドウッと銃が火を噴いた瞬間、叫びとともに突き飛ばされた。

真田だった。弾《たま》が飛んでくる寸前、真田が自分の身体を突き飛ばしたのだ。

「駄目だ！　遥ーっ！」

床に倒された刹那、半狂乱で悲鳴を上げる。

駄目だ！　こんなのは許さない！

必死に叫びながら起き上がる。

だが、続けざまに、バシュッ、バシュッと発砲音《はっぽうおん》がする。

真田はどうなった？　まさか、真田が！

入江は生きた心地もなく目を見開いた。

しかし真田は信じられないほど大胆な動きをしていた。いつの間にかテーブルの向こうの音羽に飛びついている。そのまま強引に右腕をねじ上げて銃をもぎ取った。

「動くな！　静かにしろ！」

音羽を押さえた真田は大声で威嚇《いかく》した。

最初の銃声をきっかけに、乱闘を始めていた男たちがぴたりと動きを止める。音羽組の者に殴りかかっていた隼人と他の幹部三人も、ほぼ同時に手を下ろした。

真田は取り上げた銃を、音羽のこめかみに押しつけていた。

「おい、音羽。よくも入江をねらってくれたな。怪我を負わせた分の落とし前もある。このまま頭をブチ抜いてやろうか？」

底冷えのする声で脅しつけると、音羽が恐怖で顔を引きつらせる。

真田はぐりっと銃口をめりこませるように力を入れた。

「ぐぅっ！」

「いいか、二度とうちにちょっかいをかけてくるんじゃねぇ！　今すぐうちが関わっている仕事から手を引け！　じゃないと本気で撃つぞ！」

真田はさらに音羽を威嚇する。

「駄目だ、遥さん！　それ以上は！」

入江は慌てて制止をかけた。

こんな風に、完璧に勝ってしまっては、あとが怖い。それでなくとも音羽は後ろ暗いことを平気でやる組織だ。大きく恨みを買えば、今度こそ真田が命をねらわれるかもしれない。

これ以上の危険は絶対に冒《おか》せなかった。

「入江、こんな奴に温情をかけることはねぇよ」

顔をしかめた真田が、似合わないことを言う。

入江はゆっくり首を左右に振った。

「社長、俺のほうから音羽さんに話があるんです。いいですか？」

丁寧に頼みこむと、真田は渋々といった感じで音羽から銃口を離す。

「音羽さん、補償金の件ですが、実は西日本連合の若頭が興味を持っておられます。俺は近く、ご挨拶に伺うことになっているのですが」

すべてにけりをつけ、しかも事を丸く収めるとすれば、やはり館林から貰ったカードが有効だろう。

さりげなく、さも本当のことのように言うと、案の定、音羽の顔が銃を突きつけられていた時と同じく真っ青になる。

音羽組は西日本連合系列の組織だ。その若頭となれば、音羽からすれば雲の上の存在なのだ。

「西日本の若頭が……？　本当か？」

疑わしげに問われ、入江は頷いた。

完全な嘘というわけではない。今頃、館林が抜かりなく根回ししてくれているはずだ。

「わかっていただけますか？　うちも、今は勝手な真似ができないんですよ……補償金の件を諦めてもらえるなら、真田も、株の件は悪いようにはしないと思いますが」

そう言って宥めてやると、音羽は完全に消沈《しょうちん》した。十歳は老《ふ》けこんだようにがっくりと疲れた顔をさらしている。

これで……終わった。

入江は内心で大きく吐息をついた。

「話はそれで終わりか、入江？　だったら、もうこんなとこにいる必要はねぇな。引き揚げるか」

真田は軽い調子で言って、銃の安全装置を元に戻す。そして、そのままその銃をテーブルの上に放り投げた。

その時、突然バタンとドアが開いて、思わぬ人物が姿を現す。

東和会の館林だった。今日は押しだしのいいダブルのスーツ姿だ。そばには屈強のボディガードを従えている。男たちはそれぞれ銃を構えていた。

驚いたことに、その後ろには若宮の姿もあった。

唖然となっていると、館林がゆったり部屋の中に入ってくる。

「なんだ、もうドンパチは終わったのか……見物させてもらうかと思って来てみたんだが」

人を食った言いぐさに、音羽組の者たちはいっせいに、苦虫《にがむし》を噛み潰したような顔になった。

若宮は真田が心配で様子を見にきたのだろうが、館林のほうは案外本気で高見の見物をするつもりだったのかもしれない。

どうして若宮が一緒になったのかは不明だが、教えたつもりもないのに、この場所を嗅ぎつけるとは、油断のならない男たちだ。

若宮は楽しげに目を細めながら、顎をしゃくる。

「若、荒っぽいことをやるのは、ずいぶん久しぶりなんじゃないですか？　その足、名誉《めいよ》の負傷ってやつか？」

何気ない言葉に、入江はさっと青ざめた。

とっさに真田を見ると、右足の太股《ふともも》に血が滲んでいる。

「遥さん、足！　撃たれたんですかっ？」

「こんなもん、かすり傷だ。たいしたことない」

慌ててそばに駆けよったが、真田はうるさそうに手を振っただけだった。

すっかり静かになった音羽組の者たちを残し、入江は館林や若宮と一緒に倉庫をあとにした。

倉庫の真ん前には、館林の車が停車している。

「それじゃ、これで引き揚げるとするか。そうだ、入江……あとで連絡してこいよ」

「わかりました。今日はわざわざありがとうございました」

若宮と一緒にベンツの後部席に乗りこんだ館林に、入江は深々と腰を折った。

あたりはまだ明るいが、風がさらに冷たくなってきている。

「それじゃ、俺たちも帰るぞ」

真田の手が肩にかかり、入江はどきりとなった。

見上げた精悍な顔には極上の笑みが浮かんでいる。

鎖を断ち切って強引にここまで来たことを、もっと怒るかと思っていたが、今の真田には暗い影などどこにもない。先程まで見せていた獰猛な気配も消え、入江のよく知る好青年に戻ったかのようだった。

「足……診療所によらないといけませんね。本当に大丈夫なんですか?」

入江はふいに不安に駆られて、真田の足に目を向けた。

ズボンに黒い穴が空き、そこから血が流れている。

もし、撃たれたのが違う場所だったらと思うとぞっとする。

真田を助けようと夢中で飛んできたが、結局は自分のほうが助けられてしまった。

だが、真田は生きている。

肩を抱きよせられる腕の感触。それは紛れもなく真田が生きていることの証だった。

館林の力を借りた以上、真田の元を去らなければならない。

入江はゆるく首を振った。

今は身体を寄せ合っている真田のことだけを思っていたい。

もう時間が残されていないなら、今は他に何も考えたくなかった。

8

倉庫街での騒ぎにけりがつき、真田組の者は皆、屋敷に戻った。

銃でかすり傷を負った真田は、途中で柚木の診療所により、入江もそれにつき合った。

立て続けの怪我に、柚木もさすがに呆れ顔を隠さず、二人してたっぷり説教をくらったのは言うまでもないことだ。

広間に全員を集めて紛争《ふんそう》の集結宣言をしたあと、真田は奥の座敷へと戻った。

入江は静かにそのあとに続いた。

別れを切りだすなら、ためらっていても仕方がない。

床の間を背にした真田に向かい、入江は正座した。そしてきっちりと両手をついて挨拶する。

「今回の不始末、申し訳ありませんでした。長い間、お世話になりましたが、暇《いとま》を取らせてもらいたいと思います」

畳に顔を伏せたままで一気に口に出す。

別れを先延《の》ばしにしても、いいことは何もない。館林に借りを作った以上、どうせここにはいられなくなるのだ。

「理由は?」

急な話だったにも関わらず、真田からは短い問いがあっただけだ。それに真田の声音にはなんの感情もこもっていない。

つきりと胸の奥が痛くなるが、入江はゆっくり顔を上げた。

「東和会の館林さんのところで世話になります」

「そうか……」

今度も短い言葉が返ってきただけだ。

真田は澄んだ目をしていた。

けれど、その視線は目の前の入江を素どおりし、ずっと遠くを眺めているようだ。

真田が着ているダークスーツは乱闘の名残《なごり》で薄汚れていた。ネクタイもだらしなくゆるんでいる。それでも端座《たんざ》した真田には、冒しがたい威厳《いげん》があった。

その圧倒的な存在感は、子供の頃に対峙《たいじ》した真田の父親にも勝《まさ》っている気がする。

思えば、真田の一員となる決意をしたのも、この座敷だった。

あれから十四年。長いようで短い月日だった。

もう真田は自分の助けなど必要としていない。それどころか自分のほうが足を引っ張ってしまったのだ。

重荷になるぐらいなら、きっぱり別れてしまったほうがいい。そのほうが真田のためにもなる。

「俺は迷惑をかけてしまいました。ここでけじめをつけておかないと、他の者への示しがつかない。だから……」

「言い訳ならいい。好きなようにしろ」

真田はそう言っただけですっと席を立つ。

「遥、さん……！　待って下さい！」

そのまま座敷から出ていこうとする真田に、入江は慌てて腰を浮かせた。

真田は振り返りもしなかった。もう入江にはなんの興味もなさそうに座敷を出て、どんどん廊下を歩いていく。

いくら別れを覚悟したと言っても、長年培《つちか》ってきた関係が、たったこれだけで終わってしまうとは信じられない。

「あとのことは、若宮さんに頼んでいくつもりです。俺が行って直接、若宮に真田の事を頼んで……若宮さんがいいと言えば、真田に戻ってもらっても」

冷淡《れいたん》な背中を見せる真田に、入江は懸命に言い募った。

自分でも何を言っているかよくわからなかった。ただこれきりで終わりにしたくない。もう少しだけでも話がしたいと必死だった。

するとと真田が唐突に振り返る。じろりと射抜くようににらまれ、入江は思わず足をすくませた。

「今さらなんだ、ぐだぐだと？　真田のことは、もうおまえには関係ねぇだろ」

その言葉が耳に届いた瞬間、入江は呆然となった。

関係ない……？　もう、関係ないのか……？

その突き放した言い様に、今までなんとか保ってきた矜持《きょうじ》が完全に崩される。

「遥……さん」

「おまえは好きで真田を出ていくんだろう？　だったら、ごちゃごちゃうるさく言う必要はない。あとのことは心配せず、気軽にどこへでも行ってくれ」

入江は子供のように激しく首を左右に振った。

違う！

好きで出ていくんじゃない！　そうしなければならないからだ。

「なんだ、その顔は？　自分から真田を捨てようという奴が、なんで泣きそうな顔をしている？え？　おまえの意思なんだろ？」

真田は呆れたように腕を組んだ。

入江はますます追いつめられた気分で唇を震わせた。

「お、俺は……真田を捨てるつもりじゃ……」

「出ていくと言ったのは、おまえだぞ！　好きで館林に尻尾《しっぽ》を振りにいくんだろうが」

心底うるさそうに吐き捨てられて、入江は思わず叫んでいた。

「違う！　好きで行くんじゃない！」

とたんに真田が眉根《まゆね》を寄せる。

ありありと不審の眼差しで見つめられ、入江はびくりと硬直した。

言ってはいけないことを口にした。

館林のところに行くと決めたのは自分だ。けれど真田を捨てるわけじゃない。むしろ真田のために……。

しかし、失った信用を取り戻すことはできないのだ。

ずっと長い間、そばにいた。自分こそが真田の一番の理解者だとの思いが唯一の支えだったのに、もう取り返しがつかない。

呆然と立ちすくんでいると、そのうち真田がふっとため息をつく。

「入江、俺は前に言ったはずだ。おまえが好きで館林のところに行く気なら、俺は引き留めないと……おまえは真田を出ていくことを自分で決めて、俺に頭を下げた。館林に尻尾を振るのがおまえの望みだから、そうしたんじゃないのか？　それなのに、好きで行くんじゃないとは、いったいどういうことだ？」

さっきまでとは違って、静かに問われる。

怒りに駆られているわけではない。ただ単純に説明を求めているかのような調子だ。

だが、入江のほうは逆に苛立ちが募った。

好き嫌いだけで極道の世界を渡っていけるなら、これほど簡単なことはない。

それなのに、真田は何もわかっていない。

「音羽を抑えるために西日本連合の名前を出せたのは、すべて館林さんの力です。一方的に力を借りただけで、あちらからの要求は断る。極道の世界で、そんなことができるはずないのは、遥さんだってわかっているでしょう？」

苛立ちのままに吐きだすと、大きな手で両肩をつかまれる。

「そんなことはどうでもいい。入江、俺はおまえの気持ちがどうなんだと訊いている。館林のところに行きたいのか？　それが、おまえが心から望むことなのか？　どっちだ？　答えろ」

「行きたくないに決まっている！」

反射的に本音が出た。

入江ははっと息をのんだが、真田は何故かにやりと口元をゆるめた。

けれど、眼差しには真剣な光が宿っている。

「……どうしてだ？　何故行きたくない？」

真っ直ぐ見つめてくる真田は、嘘もごまかしも、ためらいさえも許さなかった。

「ここに、いたい」

「どうしてだ？」

容赦なく立て続けに追求されて、入江はとうとう白旗《しろはた》を揚げた。

「ここに、いたい。ずっと、遥のそばに……おまえのそばにいたいからだ！」

最後はやけくそのように怒鳴った。

口調までもが、まだ明確な主従関係を結んでいなかった頃のものに戻ってしまう。

けれど次の瞬間には羞恥でかっと頬が熱くなり、慌てて横を向く。どれほど呆れられるかと思うと、真田の顔を見ている勇気がなかった。

しかし、真田の反応は思ってもみないものだったのだ。

「やっと、言いやがったな」

真田はそう吐き捨てたかと思うと、入江の肩を乱暴にかかえこむ。

「な、何？」

「こっちへ来い！」

そう言って無理やり連れこまれたのは、今日の午後まで入江の牢獄《ろうごく》だった真田の部屋だ。

手首をぐいっと引っ張られて、結局ベッドの上に押し倒される。

「ま、待って下さい……そうじゃなくて」

「今さら遅い。待つわけないだろ。おまえの望みは俺のそばにいることだったな？　さっき確かにそう言ったぞ？」

しっかりと念を押され、入江は再び赤くなった。

「でも、東和会の館林さんは……」

「気にするな。あの爺には俺がきっちり引導を渡してやる。人のものに勝手に手を出すな、とな」

入江は呆然と恐れを知らぬ男を見つめた。

真田もまた食いつきそうな目で見つめ返してくる。そして入江の上にのしかかりながら、さらに不遜《ふそん》な言葉を吐いた。

「真田に残る気なら、これからもおまえを抱くぞ」

「……！」

胸の奥がじわりと疼いた。そして甘くて熱い痺れが胸から身体中に広がっていく。

真田が自分を望むなら、いい。求めてくれるなら、いい。それでこの身体を抱くと言うなら、いくらでも抱いてほしい。

ずっと独りよがりな思いで真田を縛っていた。

真田を守るのは自分の役目だ。

長い間、そう思い続けていた。けれど入江はそれと同時に、まったく自覚がないままで、真田を自分一人だけのものにしておきたいと願っていたのだ。

だからこそ、真田には目覚めてほしくなかった。本当の真田を知るのは自分一人でよかったからだ。

今ならわかる。今にして、やっとわかった。

ただ、この男だけがほしい。この男だけを自分のものにしたい。

「俺も、ほしい……抱いてくれ」

入江は掠れた声で言って、自分から腕を伸ばした。

そのとたん、骨が折れそうな勢いで抱きしめられる。噛みつくように口も塞がれた。

「んっ……んぅ……っ」

ぬめった舌が深く絡みついてくる。

真田は濃厚《のうこう》な口づけの合間にも忙しなく手を動かして、シャツの裾を引きだしている。早く肌を合わせたいのは入江も同じ。だからためらいもなく、同じように真田の着衣を乱した。

「うぅ……んっ、ふ……っ」

歯列《しれつ》の裏を舌先で探りながら、真田はあらわになった入江の素肌に指を滑らせてくる。

今日、診療所に寄った時、包帯が外されていた。真田の指は当然のように、剥きだしになった乳首に触れてくる。

きゅっとつまみ上げられると、一気に性感を煽られた。

「あぁっ……くっ……ぅ」

真田の唇が離れたと同時に、甘い声がこぼれる。

「すげぇな。乳首、感じるのか」

「ああっ、……う、く……っ」

ゆっくりこねるように指を動かされて、入江は激しく首を振った。

「やっぱり感じるんだ。今まで弄《いじ》ってやれなかった分、いっぱいかわいがってやる」

真田はそんなことを囁《ささや》いて、胸の突起を口に含む。

舌で舐められただけで、肌が粟立《あわだ》った。

ちゅくりと強く吸われると、痺れるような快感が身体の芯まで突き抜けていく。

「あっ、ああっ、ふっ……ぁ」

入江は淫らな喘ぎ声を上げながら、背中を反らした。反動でよけいに胸を押しつけてしまい、いちだんと強く吸い上げられる。

それだけで一気に欲望を噴き上げてしまいそうなほど感じた。それなのに真田は硬くしこった先端にかりっと歯まで立ててくる。

「ああっ！」

もう片方は指でぎゅっと先端をひねられた。

真田は空いた手を下肢にも滑らせてくる。

ベルトを抜かれ、ゆるんだところから下着の中までその手を潜りこまされる。そして真田はなんなく勃起《ぼっき》していた中心を握りこむ。

「あああっ……！」

頭頂まで突き抜けるような刺激でひときわ高い声が出る。

淫らに大きく腰を突き上げると、真田の唇が胸を離れ、喉元まで舌を這わされた。

なめらかな肌に歯を立てられると、びくりと震えてしまう。

自分は獰猛な獅子に狩られる獲物。その想像が甘い痺れになる。

「あ……っ……ぅふ……っ」

熱い舌は耳朶《みみたぶ》にまで滑ってきた。やわらかな部分を囓《かじ》られると、そこからさざ波のように震えが広がる。

舌はさらに滑って口の端に達し、そのまま中に深く挿しこまれた。

「んっ、……うう、んっ……ぁふ……っ」

真田は濃厚に舌を絡ませながら、握った中心も駆り立てる。

身体中がどうしようもないほど一気に熱くなった。

「うぅ……うく……っは……ふ……っ」

あまりにも深く貪《むさぼ》られ、息も絶《た》え絶《だ》えになった頃、ようやく唇を離される。

真田は両手をついた状態で、食い入るように見つめてきた。

「おまえは知らないだろう？　ガキの時からずっと、おまえのことだけを思っていた。どうにかして手に入らないものかと、ずっとねらっていた」

「ガキの頃？　そんな、まさか……」

「嘘なものか。あの雪の日からずっとだ」

「だって、まだ小学生だったくせに」

呆れて言うと、真田はふわりとした笑みを見せる。

「ガキの純情をなめるな」

「純情って……呆れた奴だな。だけど、おまえは別に、俺にべったりってわけじゃなかった」

「あの当時のおまえは、全身トゲトゲのハリネズミみたいだった。あまり近づきすぎると、ぐさっと針《はり》を突き刺して逃げだしただろう」

確かにそうだったかもしれない。

けれど、小学生だった頃からそんな風に観察されていたとは、やはり驚いてしまう。

「知らなかったな。おまえがそんな、マセガキだったとは」

わざとため息をつくと、真田はにやりと口角を上げる。

「マセガキの本領、発揮してやるよ」

「いいだろう。受けて立つよ」

入江はあえて挑発的に応じた。

真田のほうが年下なのだ。いいようにされてばかりでは、入江のプライドが許さない。無理やりではなく、合意でセックスをするなら、少しぐらいは惑《まど》わせてやりたいと思う。

真田はいったん身体を離し、次々に服を脱いでいく。入江も自ら残った着衣を取り去った。

真田のきれいな裸体《らたい》を目にして、入江は息をのんだ。

自分にはない強靱《きょうじん》な筋肉に包まれた身体から目を離せなかった。

左の太股に包帯が巻かれている。それも自分を庇って負った傷だと思うと、愛《いと》おしくなる。

そっと手を伸ばして傷のあたりに触れると、真田の中心がゆらりと揺れて勃ち上がった。

「……！」

かっと身体の芯が熱くなる。

真田はベッドの上で膝立ちになり、無造作に手を伸ばしてきた。張りつめたものをしっかりと直に握られる。

「あっ……っ」

入江も誘われるように逞しいものに触れた。

熱くて獰猛に張りつめたものに、そっと口を寄せていく。しかし、息がかかったあたりで、顎に手が伸びて、動きを止められる。

どうしてだと、入江は恨みがましい目で真田を見上げた。

強制されたわけではなく、自分から口淫したいと思ったのに。

「それは、あとだ。早く中に入れたい」

「なっ……！」

あまりにも直接的な言葉に、入江はかっと頬を染めた。

いくら夜な夜な陵辱されて慣れたとはいえ、恥ずかしくないわけではない。

怒ったようににらむと、真田がふっと口元をゆるめる。

「早く入れたい。おまえが俺のものになったと確かめたい。だから、うつ伏せになってくれ」

言葉にはデリカシーの欠片《かけら》もないが、気持ちはわかる。

入江は大人しく言われたとおりの体勢を取った。

「もっと腰を高くして、足を広げろよ」

「……っ！」

さらに羞恥を誘う注文だが、入江はそれにも素直に応じた。

真田は確かめるように、双丘《そうきゅう》を撫でまわす。

両手でやわらかく揉むように尻の肉をつかまれると、小刻みに腰が震えた。

そのうちに真田の指が、狭間の近くにかかって、めくるようにそこを開かれる。

「あっ……」

「あれだけ犯しまくったのに、きれいなピンク色だ」

「ば、馬鹿……っ」

恥ずかしさのあまり、入江は腰をよじって逃げだそうとした。だが尻を割り開かれている状態では、大きく動くことは叶わない。

仕方なくシーツを握りしめていると、その恥ずかしい谷間に熱い息がかかる。

ぴちゃりと、濡れた感触のものが張りついたのはすぐあとだった。

「あぁっ……」

入江はとたんに喉を仰け反らせた。

ローションでも使えばいいものを、真田は自分の舌でそこを濡らそうとしている。

あまりの羞恥で、入江はぎゅっと枕に顔を押しつけた。

真田は尖らせた舌で、狭間を何度も行き来する。そのうち固かった蕾《つぼみ》がほころんで卑猥《ひわい》にうごめくようになった。

「あ……っ」

真田の舌が隙をねらったように、中まで潜りこんでくる。

恥ずかしくてたまらなかった。それでも丁寧にほぐされているうちに、そこから熱い疼きが生まれる。熱い舌で内壁を舐められると、腰が震えてしまうほど気持ちがよくなった。

「あぁ……あ……っ」

真田は唾液《だえき》を中まで送りこむように、舐めほぐしていく。

手が前にもまわり、揺れている中心を握られた。ろくに触られてもいなかったのに、入江の中心は蜜を溢れさせている。その蜜を指がすくい、張りつめた幹になすりつけていく。

「ああっ、あっ……」

すべてが気持ちよくてたまらなかった。

ゆるく頭を振ると、充分に濡らされた蕾に指を押しこまれる。

「あああっ！」

いきなり前立腺を抉られて、入江はひときわ高い声を放った。

背中が弓なりに反って、一気に上りつめてしまいそうになる。

「やっぱりここが弱いのか。指だけで達きそうだったな」

「そんな……っ、ことは……ああっ」

ない、と言おうとした時に、またくいっと同じ場所を抉られる。けれど真田は、本当に達してしまわないように微妙に力を加減している。

「あ、……あ、ふっ……ああっ……」

やわらかく指を抜き挿しされると、たまらなかった。

もどかしい刺激に、自分から腰を揺らして誘ってしまう。

真田は焦らさずに、指の数を増やしてきた。

けれど、二本、三本と増やされても、まだ足りない。

とろけた内壁はもっと力強くて、熱いものを知っている。それを早く奥まで埋めこんでほしかった。

「は、早く……っ」

入江は必死に背後を振り返って、さらに催促《さいそく》するように腰を揺らした。

どんなに恥ずかしくても、真田と早く一つに繋がりたい。

「どこまで煽れば気が済むんだ？　そんなだと、壊れるまで抱くぞ」

真田が後ろから噛みつくような勢いで言う。

後ろを犯していた指が乱暴に引き抜かれ、入江は腰をかかえ直された。

とろけた狭間に獰猛な猛りを擦りつけられて、首を振る。

「いやだ。前からがいい。俺を抱いて遥がどんな顔をするか、見ていたい」

「まったく……！」

小さく吐き捨てた真田が、また乱暴に入江の身体を裏返す。

両足を大きく開かされて、折り曲げられる。

さらされた中心に、真田の巨大な猛りを擦りつけられた。濡れそぼった場所が擦られ、いやらしい音がする。

「早く……入れ……ああっ！」

次の瞬間、一気に太い先端で狭い場所がこじ開けられた。腰をかかえこまれ、灼熱の杭を、深々と最奥まで打ちこまれる。

「……ぁ……あぁ……」

貫かれた衝撃で、入江は大きく仰け反った。

もう無理だと思うのに、まだ深くまで太いものが入ってくる。

「流生……これでやっと俺のものだ」

「あ、……遥……ぅっ……」

反り返った身体をしっかりと抱きしめられる。

深々と繋がっていた。どこまでも隙間なく一つになっている。

「愛している。おまえだけだ」

狂おしく告げられて、入江もしっかりと真田に縋りつきながら思いを返す。

「俺も……愛、して……る」

初めて口にした言葉は、しっくりと馴染んだ。

入江は涙を溢れさせた。

そうだ……愛している。この男だけを、愛している。ずっと愛していた。

「流生……」

久しぶりに呼ばれた名前も耳に心地よく響く。

「愛している、遥……」

入江は覚え立ての言葉を贈りながら、愛する真田の頭をかかえこんだ。

首筋が舐められて、びくりとなると、今度は耳の真下に歯を立てられる。

この男は草原を駆ける獅子……これから極道の世界に君臨する……自分だけの獅子。

この男に食われるなら本望だ。むしろ、すべてを食らい尽くしてほしい。

入江の思いに応えるように真田が動き始める。

「ああっ、あっ……ああっ」

腰をつかまれて荒々しく杭を引き抜かれ、また反動をつけて最奥まで打ちこまれる。

その動きのたびに敏感な場所が硬い切っ先で抉られた。

気持ちがよくて、たまらない。あまりにも激しい愉悦《ゆえつ》でおかしくなりそうだ。

「いいのか、流生？」

「ああっ、い、いいっ、あっ！」

入江はがくがく首を振りながら嬌声を上げた。

激しい動きに置いていかれないように、目の前の逞しい身体に懸命にしがみつく。

汗が滴《したた》って、肌が密着した。

腹の間で張りつめたものが擦られ、先端からまた大量の蜜を溢れさせる。

太い先端で深みを掻きまわされると、頭が真っ白になりそうなほど感じた。

「もう離さない。一生俺のそばに繋いでおく。覚悟しとけ」

そう言った真田の動きがさらに激しくなる。

敏感な壁が連続して抉られ、腹の間のものもいやというほど刺激される。

ひときわ強く最奥を突かれた瞬間、あっけなく上りつめた。

「ああっ……あ、うぅ……くっ」

「く……っ」

白濁を噴き上げたと同時に、真田の熱い欲望が一番深い場所にたっぷり注ぎこまれる。

達した衝撃で痙攣《けいれん》したように震える身体を、しっかりと抱きしめられた。

「流生……」

「あい、して……いる」

そう囁いたのを最後に、入江はふうっと意識を遠のかせた。


翌朝のこと――。

真田家の広大な屋敷には、普段と変わらぬ光景が見られた。

「おはようございます！」

「あっ、社長！　若頭！　おはようございます！」

真田と連れ立って屋敷の玄関まで行くと、ずらりと並んだ舎弟たちがいっせいに声をかけてくる。中でも一番元気のいい声を出したのは大柄《おおがら》な隼人だった。

「車の用意は？」

「はいっ、もう表で待たせてます」

入江の問いにも、隼人は張り切って答える。

だが、入江の美貌の顔をまともに見た瞬間、隼人はかっと赤くなった。

入江はふと思いだしたことがあって真田のそばを離れ、隼人を手招きした。

「隼人、ちょっと耳を貸せ」

そう言ってやっただけで、今度は耳まで赤くしている。

「わ、若頭……」

しどろもどろに答えた隼人の耳に、入江は声を落として囁きかけた。

「あの時は助かった……ところで、いつにする？　俺は約束を守るぞ」

言った瞬間、隼人はびくっと硬直した。

驚愕で目が丸くなっている。息もできない様子に、入江はくすりと忍び笑いを漏らした。

するとと隼人がようやく大きく息を吐きだす。

「若頭……人が悪いですよ」

「なんでだ？　言っただろ。約束は守る」

「いいです、俺……遠慮しときます。だって、あれ見て下さいよ……」

隼人が恨みっぽい声を出しながら、こそっと指さしたのは長身の真田だった。

黒にワイン色のピンストライプが入ったスーツ姿で、じっとこちらを見ている。

整った顔には剣呑な表情が浮かんでいた。

「俺、まだ命は惜しいですから」

隼人はそう言って、そそくさと逃げていく。

入れ替わりに真田がそばまでゆっくり歩いてきた。

「隼人と何を話していた？」

「別になんでもないです」

「言え！　もう俺に隠し事はするな」

嫉妬《しっと》丸出しといった様子で横柄に命じられ、入江は思わずため息を漏らした。

だが、命令は命令だ。それに入江は自分でも、もう真田には隠し事をするまいと思っていた。

「隼人に鎖を外させるのに、俺を抱かせてやると約束したんです。だから、いつにするかって訊いたまでです」

「おまえは！」

真田は怒り狂ったように目を剥く。

それだけでは治まらずに、乱暴に入江の手首をつかんだ。

「大丈夫です。隼人には断られましたから」

淡々と告げると、真田は呆然としたように頭を振る。

入江はそんな真田を温かな眼差しで見守った。

だが、その時、屋敷の門外から、慌てたように駆けこんできた者がいた。

「若頭！　あの野郎、とっつかまえました！　どうしましょうか？　今の内にヤキ入れとかないと、示しがつきません！」

「わかった、俺が行く」

舎弟の訴えに応じ、入江は歩きだした。

しかし、すぐに背後から呼び留められる。

「おい、入江。何があったか知らないが、あまりかわいそうなことはするな。ほどほどにしといてやれ」

「わかりました」

振り返った入江は、組長の命令に、にっこりと笑いながら答えた。

屋敷の前庭には、寒い季節にしては珍しく、暖かな陽射しが燦々と降り注いでいる。

長身の真田には、その太陽の光がよく似合っていた。

口元をゆるめた真田に小さく頷いて、入江はさっときびすを返した。

あとがき

『太陽の獅子と氷の花』をお手に取っていただき、ありがとうございます。

もえぎ文庫五冊目の本書は、今までとはがらりと路線を変えて「ヤクザもの」となりましたが、いかがだったでしょうか？　古代中国や古代ペルシャ風の世界から、急に現代日本が舞台となったわけですが、どちらもBLファンタジーということで、作者の中での基本はまったく変わっておりません。何かの使命に燃え、それを達成するために命懸《が》けで突き進む。作者はそういう主人公が大好きで、今回の入江もそのタイプです。対する真田は年下のヘタレ。もちろん途中で逞《たくま》しく変貌《へんぼう》しますけど（笑）。考えてみれば、商業誌で「年下攻」を書かせてもらうのは初めてでした。「年下攻」けっこう好きなので、そういう意味でも本書は記念すべき一冊になります。

イラストは周防佑未《すおうゆうみ》先生にお願いしました。とても魅力的なキャラに、うっとりしております。それに作者の妄想《もうそう》以上に素敵な世界を描きだしていただいて、本当にありがとうございました。ご苦労をおかけした担当様をはじめ、編集部の皆様、そして本書の制作に携《たずさ》わっていただいたすべての方にも感謝いたしております。

そして本書をお読み下さった読者様、本当にありがとうございました。ご感想やリクエストなど、お待ちしておりますので、ぜひよろしくお願いいたします。

秋山みち花　拝

もえぎ文庫をお買い上げいただき、ありがとうございます。
この作品を読んでのご意見･ご感想をお待ちしております。
[宛先] 〒141-8510　東京都品川区西五反田2-11-8-17F
学研パブリッシング　「もえぎ文庫編集部」

太陽《たいよう》の獅子《しし》と氷《こおり》の花《はな》

著者：秋山《あきやま》みち花《か》

初版発行：2010年2月2日

発行人：大野正道

編集人：村上達男

発行所：株式会社 学研パブリッシング
〒141－8510　東京都品川区西五反田 2-11-8

発売元：株式会社 学研マーケティング
〒141－8510　東京都品川区西五反田 2-11-8

印刷・製本：図書印刷株式会社

編集協力：ひまわり編集事務所

★ご購入・ご注文はお近くの書店にお願い致します。
★この本に関するお問い合わせは、次のところへお願い致します。
●編集内容については
[編集部] 03-6431-1499
●不良品（乱丁・落丁）、在庫については
[販売部直通] 03-6431-1201
●それ以外のこの本に関するお問い合わせは
学研お客様センター　「もえぎ文庫」係
〒141－8510　東京都品川区西五反田2-11-8
電話　03-6431-1002
●もえぎ文庫のホームページ　http://gakken-publishing.jp/moegi/

定価はカバーに表示してあります。

この本は製版フィルムを使用しないCTP方式で印刷しています。